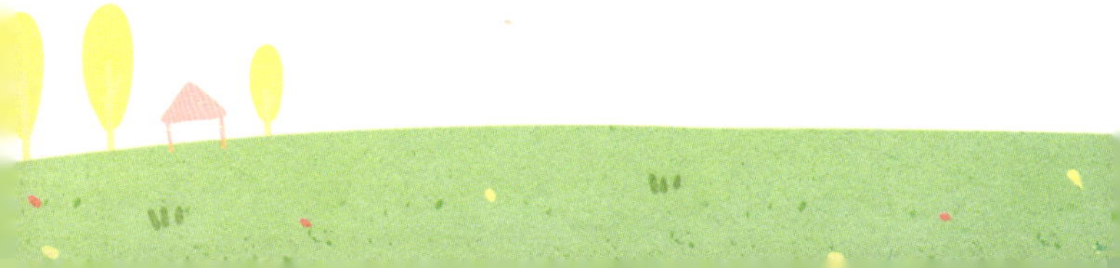

ma ma

摇摇晃晃，一起成长

——新手妈妈漫画育儿手记

悠鹿苏苏 著

中国少年儿童新闻出版总社
中国少年兒童出版社
北 京

图书在版编目（CIP）数据

摇摇晃晃，一起成长：新手妈妈漫画育儿手记 / 悠鹿苏苏著. —北京：中国少年儿童出版社，2016.8
（悠鹿苏苏手绘育儿日记）
ISBN 978-7-5148-3229-7

Ⅰ. ①摇… Ⅱ. ①悠… Ⅲ. ①日记－作品集－中国－当代 Ⅳ. ①I267.5

中国版本图书馆 CIP 数据核字（2016）第 120679 号

YAOYAOHUANGHUANG , YIQI CHENGZHANG

出 版 发 行：中国少年儿童新闻出版总社
中國少年兒童出版社
出 版 人： 李学谦
执行出版人： 赵恒峰

著　　者： 悠鹿苏苏　　**责任编辑：** 白雪静
装帧设计： 王　晴　　**责任印务：** 刘宏兴
责任校对： 韩　娟

社　　址： 北京市朝阳区建国门外大街丙 12 号　　**邮政编码：** 100022
总 编 室： 010-57526071　　**传　　真：** 010-57526075
发 行 部： 010-57526568
网　　址： www. ccppg. cn
电子邮箱： zbs@ccppg. com. cn

印刷： 北京瑞禾彩色印刷有限公司

开本： 720mm × 1000mm　1/16　　**印张：** 16.25
2016 年 8 月第 1 版　　2016 年 8 月北京第 1 次印刷
印数： 8000 册

ISBN 978-7-5148-3229-7　　**定价：** 40.00元

这是一本神奇的书，之所以说它“神奇”，是因为在翻开第一页的时候，它“神奇”地将我带回到10年前我的女儿刚刚出生的那个时刻；只看完第一个篇章，它“神奇”得让我不忍甚至不敢往下看，要平复一下作为一名母亲复杂的心情；读完全书，它“神奇”得让我更加坚定地认为，对于儿女而言，父母是他们到达这个世界之后最先结识的领路人，而对于父母来说，孩子也有着同样的人生引领者的身份。

读这本书会遇到许多泪点，我的第一个泪点在宝妈进入产房那个环节，伴随着自动门关上，就剩下即将升级做妈妈的她一个人面对接下来的一切。她说“转身的那刻心里突然感到有些难过”，我理解。时光退回到10年前，我也有过这样的经历。手术室中的医护人员都是同事，他们的交谈透出彼此的熟络，只有我，还有我腹中的孩子，与他们素昧平生。我们孤单地在一个小型的“人群”中怀着忐忑的心情等待历经10个月之后终于要相见的那个历史性时刻，对我们，那是人生中至大的事件，而对于身外的人，也许他们早已看过千百十回。我还记得我当时甚至是惶恐地等待着麻醉师的到来，奓着双臂本能地抱着自己的肚子，就像此后10年间无数次把女儿抱在怀里一样。我怕，我想对她说“不怕”，我说不出，只有抱紧她。很多很多的宝妈，一定也有过这样的一个时刻吧？孤单、恐惧、勇敢、决绝……这些混杂在一起让一个原本只需抱紧自己双肩就会感到安全的人从此明白了——原来从此要对一个新生命负责，这责任将贯穿此后的有生之年。

做母亲是一个从担惊受怕到最终无所畏惧的过程。当得知孩子“来了”的时候，母亲开始担忧，他会不会是一个健康的孩子？他能不能在接下来的怀胎10月中顺利长大？母亲的身体状况、喜怒哀乐以及在日常生活中可能遇到的一切，会对他造成怎样的影响？母亲们怕着，也期待着，幻想着，情不自禁地按照自己的希望塑造着这个新的小生命。有多少准妈妈在这10个月的时间里要求自己每天听音乐？要求自己每天读书？有多少准妈妈做过这样的事：看见好的玩具、绘本、衣服、鞋袜，不管是不是孩子所爱、孩子所需都毫不犹豫地买下来，恨不能将自己能负担得起并且自认为好的东西全部收集在身边，给他，给他，还是给他？就在这一次次“给他”的过程中，我们渐渐找不到曾经最爱的那个自己，我们的爱从此就全部给了他。有多少妈妈一生中不止一次在心中对自己说过这样的话：“为了我的孩子，我什么都不怕！”这个“不怕”，是母亲的成长，是母亲的担当，是作为母亲在育儿过程中不断学习、探索的原动力。

在这本书中，我看到了一名年轻母亲最初的恐惧，也看到了她在握住一个新生命的小手时开始与日俱增的顽强、勇敢、理性和睿智。而这正是千千万万恪尽母亲职守的妈妈们成长的路程。这份成长是孩子赋予我们的，更是孩子从我们的心智中开掘出来的、属于我们自己的潜能。这个小小的生命的幼芽，让这些早已成年的女人惊喜地发现，做了母亲的自己，无所不能。

感谢悠宝妈妈精心写下她和孩子共同成长的心路，感谢她将这个“摇摇晃晃”的过程描画得如此暖心，如此饱含着眼泪与欢笑，这是生命的力量，是母性的力量，是成长的力量，是人的力量。

如果将这本书比作一面镜子，我想，我照见了自己，但愿，能有更多的人和我一样。

安顿

2016 年 5 月

人物介绍

悠宝：双子座的小男生

诞生于炎热夏季，集热情、淡定、活泼、敏感、可爱、捣蛋等多种特质于一身的婴儿。

宝爸

个性沉稳豁达，爱读书、爱饮茶、爱户外运动，更爱悠宝。为了悠宝的诞生开始学习各类育儿知识，是用心的好爸爸。

宝妈

活泼幽默，细腻善感，喜爱画画，用画笔记录下宝宝成长过程中的小故事。初尝为人母的幸福和艰辛，在新手妈妈的道路上愈战愈勇。

奶奶

性情温和有耐心的奶奶，一直照顾悠宝成长至今。悠宝喜欢听奶奶唱歌哄他入睡。

姥姥

个性爽快、善良、风风火火一刻也闲不住的姥姥。悠宝最爱吃姥姥做的蛋羹，还喜欢听姥姥背唐诗。

目录

第一章　小不点儿来到我们身边

第二章 宝贝儿，亲一下

第三章　世界上最甜蜜的负担

第一章

小不点儿来到我们身边

入院生产啦

悠宝出生 1 天

可以说，在选择生产方式这件事上，我的几个好朋友都没有给我做出好的榜样。

就这样，出于其他一些顾虑，我也打算剖宫产了。朋友给我介绍了一位经常做手术的医生，定了手术的日期。

手术日期定在了20号下午，距离预产期还有3天。原本出生时间是巨蟹座的悠宝硬生生地变成了双子座。

不过，一般来讲，只要身体条件允许，顺产都是最好的选择。

到了约定住院那天，我和老公鹿仔在家收拾了一下东西，准备先过去。妈妈在家先煲汤，等到确定了时间再和爸爸一起赶过去。
老公，过来帮我一起看看，没少什么东西吧？

×××妇幼保健院
是啊！
老公，真的要去生了啊？
预定的生产日期，因为不是宝宝自己发动的，让我总有一种做梦似的恍惚感。

等待的时候，跟一位已经住了一天院也准备进行剖宫产的准妈妈聊了一会儿，心情稍微轻松了一些。
我也是今天下午的手术呢！
休息室

别紧张，女儿！
妈妈
爸爸
老婆加油！
婆婆
我进去了！
产房
我被安排在当天下午主任医师的第一台手术。

当自动门缓缓关上，转身的那一刻，我心里突然感到有些难过，鼻子酸了酸，眼睛里居然汪出了泪水，赶紧趁护士和其他产妇不注意悄悄擦掉了。接下来的一切，就靠我自己去面对了。

上衣反穿，先坐着休息一会儿，等下我会来喊你们的！

躺到手术台上，脑子里空空荡荡的。就要和悠宝见面了，不知道手术进行中突然把他抱出来会不会惊吓到他。

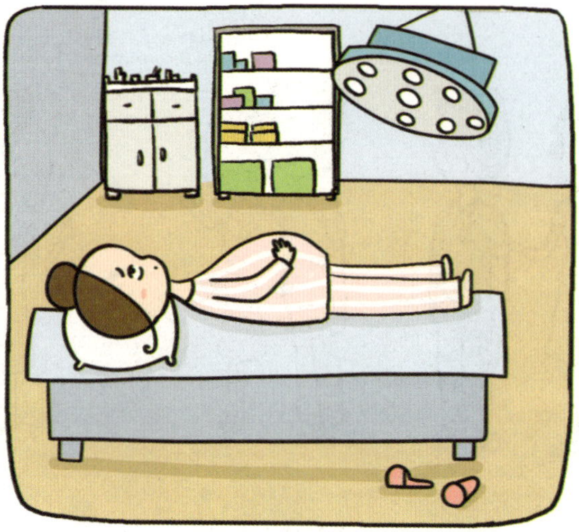

麻醉师推着装医疗用品的小车来到我旁边，准备打麻药。

侧躺后，麻醉师并没有交代太多，就开始在我的腰椎上注射麻醉药物。

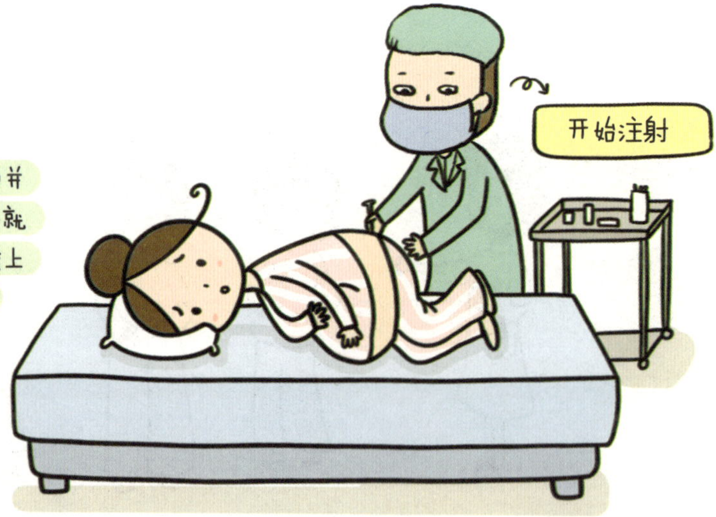

王苏——
在叫我？
哦！

突然听到叫我的名字，我立马答应了一声，结果不自觉地欠了下身子，这让正在注射的麻醉师和旁边的护士大惊失色。
不要动！

在脊椎注射麻药时，千万不能动，否则，极有可能造成半身瘫痪，后果非常严重！

也许只差零点几毫米，我的下半生就将一直在轮椅上度过了，多么可怕的后果！在此我要慎重提醒各位产妇，打麻药时，不管发生什么情况都不要有丝毫移动！

我采用的是半身麻醉，麻药注射过后没多久，一股暖暖麻麻的感觉就顺着腿部延伸到了脚。医生问了下我的感觉，又用什么东西扯了我一下，我表示丝毫没有痛感。手术就这样正式开始了。

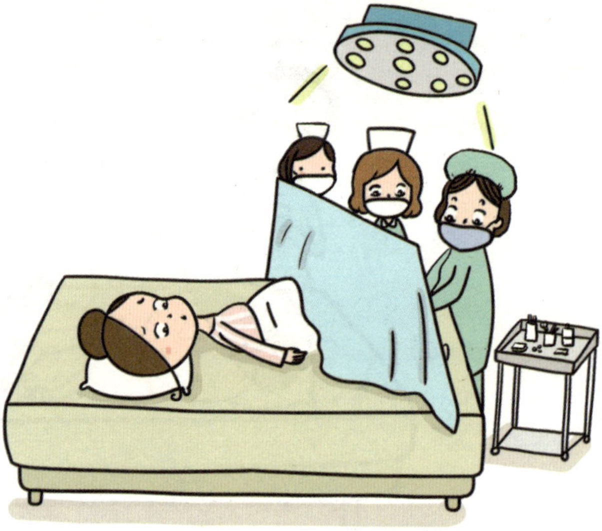

不知道宝宝此刻在干吗，我想应该是没有在睡觉了。因为医生阿姨正在挤压我的肚子，这个他居住了近十个月的小家即将被打开。就要面对这个明亮又嘈杂的世界，他应该会感到突然和诧异吧？

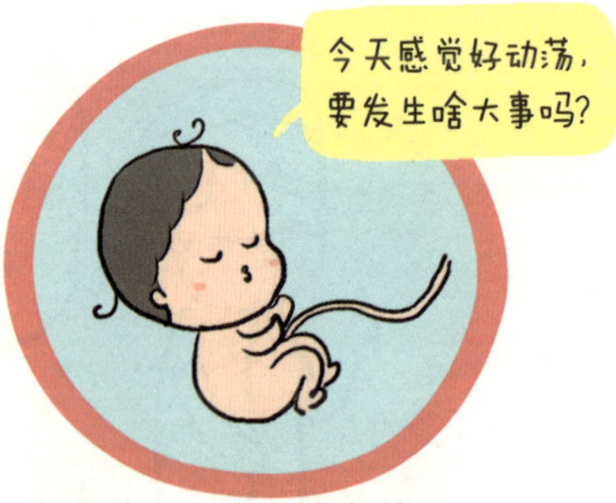

剖宫产过程：

A. 打针，消毒，打麻药

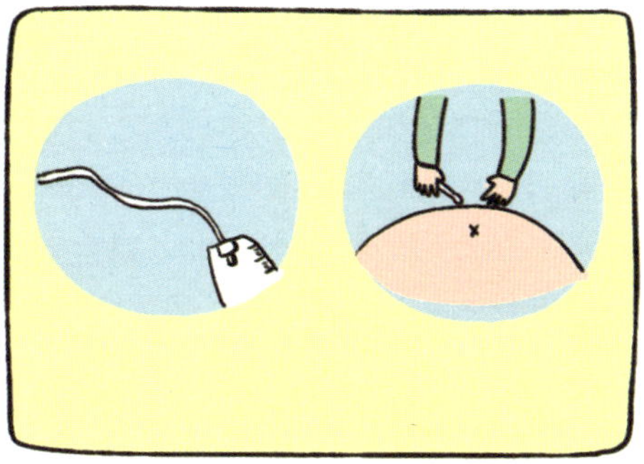

B. 插导尿管，测试是否有痛感

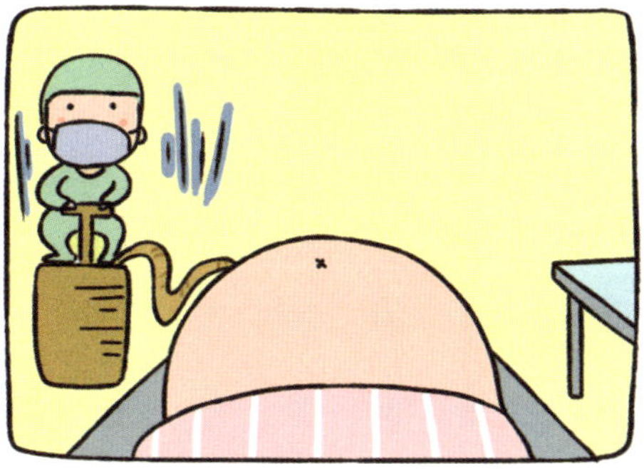

C. 抽羊水

D. 挤压肚子，取出宝宝

医生在我的肚子上不断挤压拉扯，在我感觉到一阵强烈的拉扯之下，一阵哭声传了过来——悠宝出来了！他哭得不是很用力，只哭了几声就安静了。

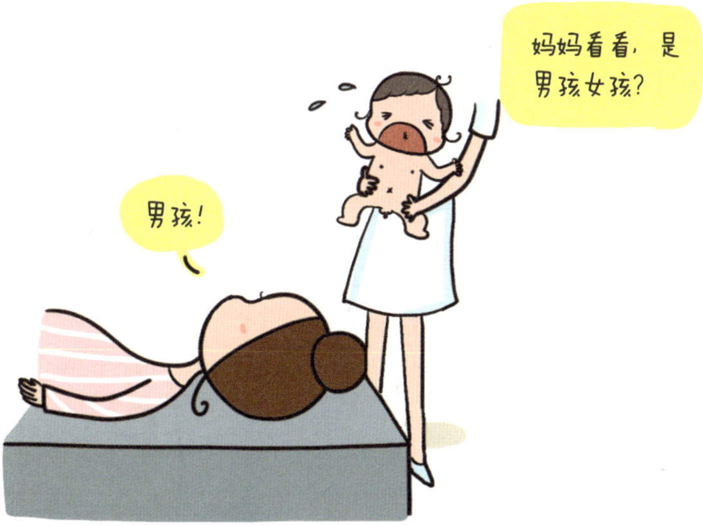

医生帮我缝合伤口，悠宝被清理了一下之后，由护士包好放在了旁侧的小床上，和我遥遥相对。我望向他，而他居然正睁着一只眼闭着一只眼安静地打量这个世界。远远望去，他弯弯的眉毛跟鹿仔一模一样。

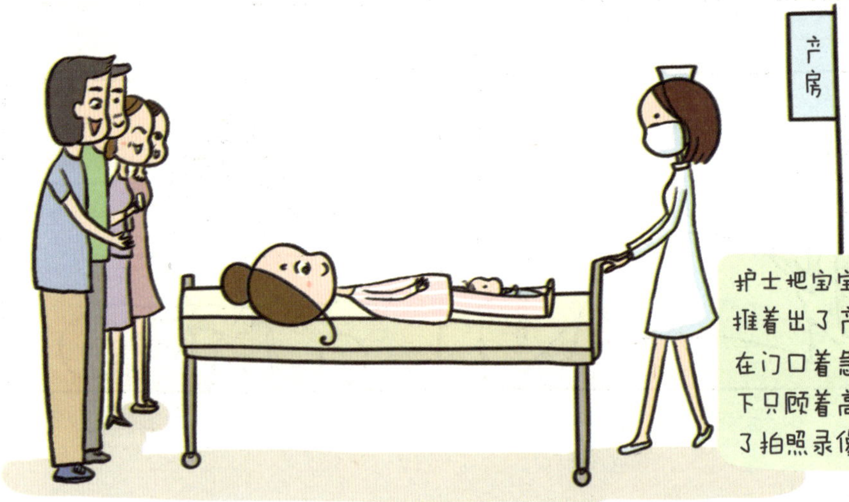

护士把宝宝放在我腿间，推着出了产房。大家正在门口着急等待着，这下只顾着高兴居然都忘了拍照录像。

好吧宝贝儿，接下来的人生路就让我们结伴同行吧。我会努力做个好妈妈，永远爱你……

待产准备：妈妈篇

爸爸
身份证
妈妈
准生证
医保卡
生育保险
手续
入院证件
现金
银行卡
手机
相机
贵重物品
产妇
卫生巾
防溢
乳垫
卷纸
抽纸
湿巾
洗漱用品
漱口水
哺乳式文胸
前开式（纯棉）内裤
一次性
内裤
产妇
帽
袜子
红糖
月子服
洗洁精
饭盒
（可以微波）
吸管

宝宝篇

浴巾
奶瓶2个
小碗 勺子
杯子
奶粉
奶瓶刷
奶瓶专用清洁剂
尿不湿
棉签
棉布尿布
湿巾
和尚服
口水巾
内衣裤2套
袜子2双
帽子2个
睡袋1个
包被2个
尿垫
小单衣2套

晋级“奶牛”

悠宝出生 1 天

还记得怀孕那会儿，我还在努力抓住最后的“少女”时光：有一次跟老公去产检的路上，我突然问他：

结果，当悠宝首次被抱到我面前吃奶的那一刻，我不带半点儿犹疑，立马投入状态，光荣晋升为新任“奶牛”。

第一次喂奶

悠宝出生 1 天

因为生产前了解了一些关于母乳喂养的重要性的知识，所以生完回产房后，我就在心里暗想：一定要让宝贝儿吃上妈妈的初乳。

因为是剖宫产，所以我暂时没法起床，还只能侧躺着来喂宝宝。开始哺乳前，我按照之前看过的资料，用热毛巾清洁了乳房。刚刚出生的悠宝则表现很给力，没多久就顺利衔到了妈妈的乳头，像模像样地吃起奶来。

第一次喂奶的妈妈和第一次吃奶的宝宝彼此丝毫没有陌生感，都很快进入了角色，开始了人生中的第一次亲密接触。

后来我在清洁乳房时改用了卫生棉球，感觉用起来更加方便。每次都把棉球用温开水浸泡一下之后擦拭干净乳头，再给宝宝哺乳。这个举动一直伴随了我一年多的哺乳生涯。

可是不知道是什么原因，这样喂了几次之后，到了傍晚时分，悠宝突然哭闹起来。

说心里话，第一次生宝宝，经验主要停留在书本上，到了实战时刻还是有些手忙脚乱。听月嫂这样说，加上宝宝不断哭闹，我一时也没了主意。

后来，月嫂给悠宝冲了20ml的配方奶，他吃过之后不一会儿就睡着了。就这样，配方奶挤进了我的哺乳生涯。从这以后，每次都是先把悠宝抱到我胸前吃一会儿奶之后再给他吃一些配方奶。

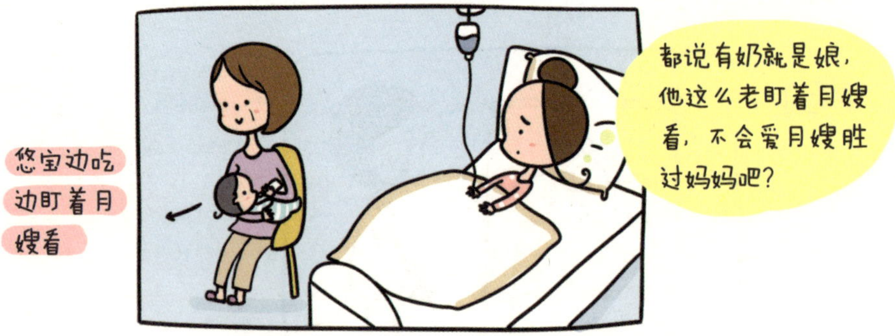

从这以后，悠宝就开始了混合喂养的模式，没能实现我纯母乳喂养的愿望。其实，一开始我的做法是对的，就是在第一时间跟宝宝接触让宝宝吸吮我的奶，但是宝宝哭闹后因为月嫂的建议我动摇了，结果过早添加了配方奶。

上面记录的是我个人的喂养情况，在这里，我整理了一些科学的建议给大家，希望新妈妈们不要动摇纯母乳喂养的决心。

关于母乳喂养

新生儿出生半小时后即可哺喂母乳，以促进乳汁分泌，并防止宝宝出现低血糖。提倡按需哺乳，让新生儿多吸吮，勤吸吮。

母乳可2~3小时1次，按需哺喂。如有需纯配方奶喂养的婴儿，配方奶可每3小时1次，每日7~8次。判断宝宝是否吃饱了，可按照喂奶后安静，不吐，无腹胀，以及每天15~30g的体重增长为标准（生理性体重下降期除外）。

正常足月婴儿出生后第一个月体重增长可达1~1.5kg，出生后3个月体重约为出生时的2倍，12个月龄体重约为出生时的3倍。宝宝刚出生由于胎便排出、体内水分丢失较多等原因，导致体重下降，出生约5~6天降到最低点（小于出生体重约9%），一般7~10天恢复到出生体重，这种情况称为生理性体重下降。

生理性体重下降，为正常现象。

第一口奶的重要性

1. 宝宝会通过第一口母乳获得和妈妈相同的有益菌群，有助于提高免疫力，预防过敏。

2. 宝宝可以建立起自主寻找妈妈乳头的能力，找到衔乳方式。还有助于妈妈释放催产素，促进子宫恢复和乳汁分泌。

3. 尽早跟妈妈进行肌肤接触，让宝宝感觉更安全和快乐，也可以稳定宝宝的体温、呼吸和心跳速率，提高宝宝体内的血糖浓度。

4. 如果第一口吃了配方奶，体内免疫系统可能会出现异常，加大过敏的风险。所以，新妈妈们在这之前一定要做足功课，无论是顺产还是剖宫产，都应第一时间跟宝宝实现肌肤接触，亲喂母乳。

金黄色的初乳

悠宝出生 2 天

悠宝出生后的第二天晚上，我的乳房有些胀痛，月嫂帮我做了会儿按摩。按摩时，乳头流出了一点点金色的汁液，月嫂随手就用毛巾给擦掉了。

我当时有些疑惑，好像记得有初乳很宝贵的概念，但是因为只是挤出来一点点，也不好喂宝宝，就没有再去细究。

还好，只有这一次按摩时挤出了一点点初乳，并没有浪费多少。

什么是初乳

初乳是从母体怀孕7个月开始在乳房中产生，婴儿出生后5天以内产妇分泌出的母乳。它是一种乳黄色的乳汁，量较少。

1. 初乳内含比普通母乳多5倍的蛋白质，维生素含量也显著高于常乳。维生素B_2在初乳中有时较常乳中含量高出3～4倍，尼克酸在初乳中含量也比常乳高。初乳中含铁量约为常乳的3～5倍，铜含量约为常乳的6倍。

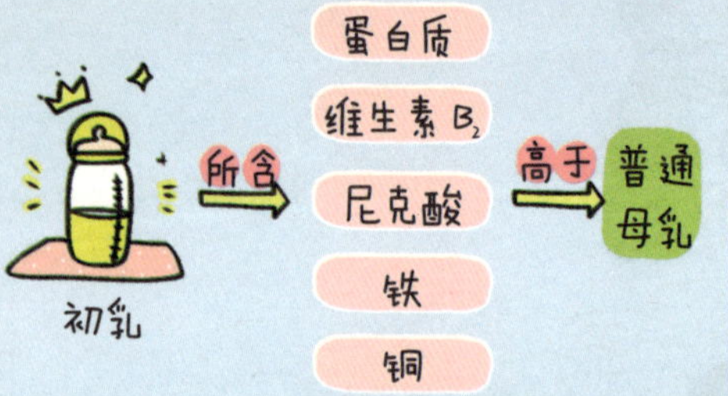

2. 初乳中含有大量抵抗各种疾病的免疫球蛋白，是初生宝宝的最佳食物，对新生儿机体免疫能力有增强作用，能保护宝宝免受细菌和病毒的感染。初乳中含有的淋巴细胞，更是人体最重要的免疫细胞。

3. 初乳中含的脂肪量较成熟乳低，正好和刚出生的宝宝胃肠道对脂肪的消化和吸收能力相适应。初乳中锌的含量也很高，平均浓度为血清锌的4～7倍，此后母乳含锌量会迅速下降。锌对于新生儿的发育很有益处。

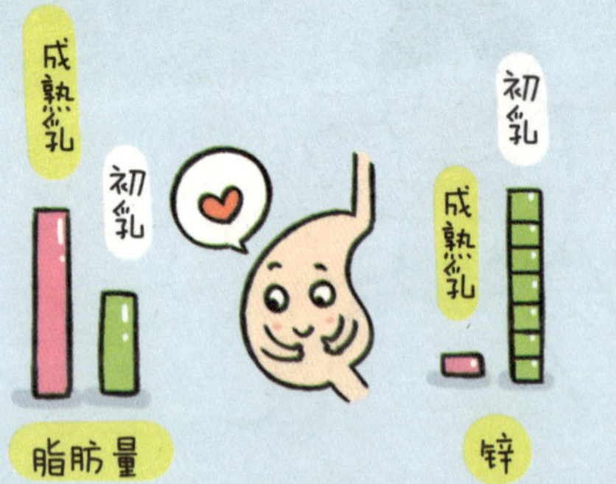

4. 初乳中含有大量的抗体和白细胞，是新生儿抵抗各种疾病的保护伞，具有营养和免疫的双重作用。初乳中还含大量生长因子，尤其是上皮生长因子，可以促进新生儿胃肠道上皮细胞生长，促进肝脏及其他组织的上皮细胞迅速发育。

初生悠宝

悠宝出生3天

刚刚出生的悠宝已经长了一头黑油油浓密卷曲的头发。

不知道是不是因为我怀孕的时候几乎每天都喝一杯自制的黑芝麻核桃牛奶，所以悠宝的发质看起来挺好的。

悠宝的眼珠子又黑又圆，只是第一天晚上看起来好像转得不是那么利索。

刚出生的小婴儿已经有了神奇的生物钟，每个宝宝的生物钟应该各不相同。悠宝是准时过 2 个小时就开始哭，这时姥姥就会把宝宝抱过来让我喂奶。

因为是剖宫产，我需要住院一周。在这期间，悠宝的生活极其简单，每天就是在吃奶拉撒睡中安然度过。

出生后第一件好玩儿的事，是去医院的婴儿游泳馆游泳。我后来只看到了录像。

宝宝们在里边游泳，家人只能隔着玻璃看，每个宝宝都有一个护士专门照管。带悠宝的护士阿姨大概觉得单游泳比较无聊，给悠宝的泳圈两边各加了一只小鸭子。

刚刚出生的悠宝，身体小小的软软的，我用一只手就可以托住他的头，好小好小的小家伙啊……

被妈妈一手掌握的日子……

不过悠宝哇哇的哭声倒是很嘹亮，姥爷说，他一生下来就没有毛娃儿的那种娇弱嗲嗲的哭声，哭得像个大孩子似的。

另外，放屁的声音也很响。

这是悠宝来到这个世界最初的日子，他过着小猪一般吃吃睡睡的幸福日子。

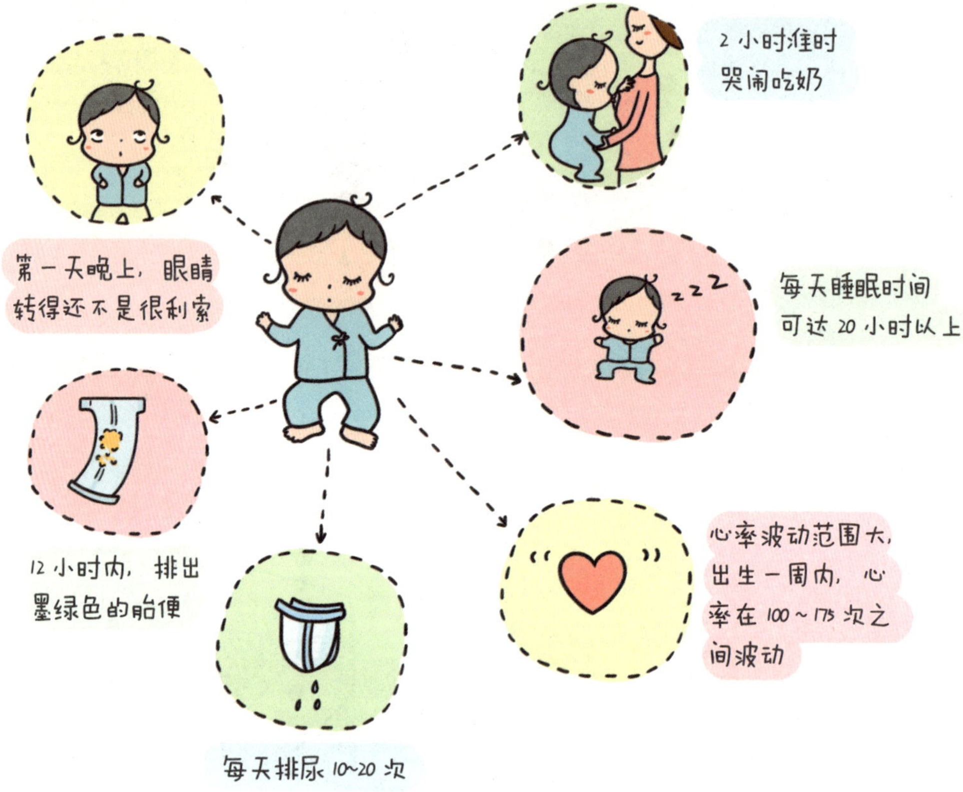

地球新人登记档案

姓名：悠　宝

生日：6月20日

星座：双子座

体重：3250g

身长：52cm

头围：50cm

特长：吃奶拉撒睡放屁

额头上的红斑

悠宝出生4天

悠宝刚出生时，额头上有一大块红色印迹，我还以为是剖宫产医生取宝宝那会儿给捏出来的呢。

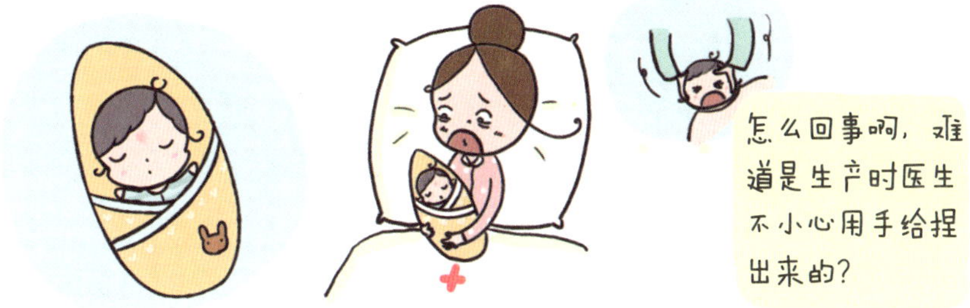

我出生的时候是难产，胎位不正，头上脚下，在妈妈去医院的路上我的一只脚就先出来了，妈妈的好友硬把我的脚给塞了回去。在手术室外等待的爸爸非常焦急，一边抽烟一边等消息。

就这样等啊等啊……还好，一切顺利。知道老婆孩子都平安的那一刻，爸爸真的有落泪的冲动。

爸爸赶紧跑过来看妈妈和刚出生的我，一激动手里的烟头都忘了丢掉。

结果，一小块烟灰轻轻飘下来，掉落到我的眉心。发现那儿有一块指甲盖大小的红色斑块时，爸爸就一直以为是他不小心用烟灰给烫出来的。

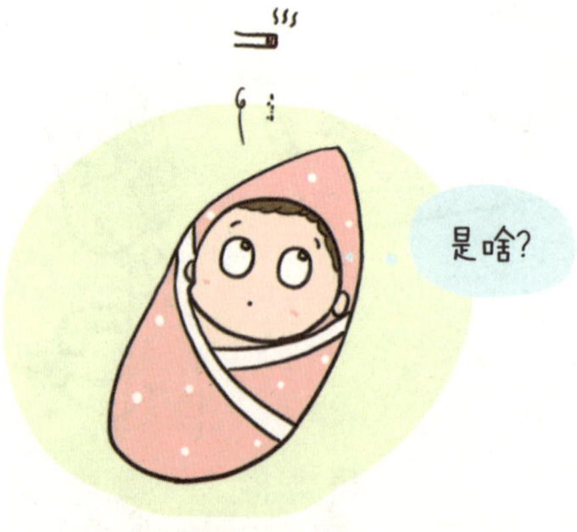

据爸爸回忆，那时他的心情就是非常非常心疼。

护士告诉我们，这是新生儿毛细血管扩张的缘故，随着宝宝的长大红斑会越变越淡，直至消失。

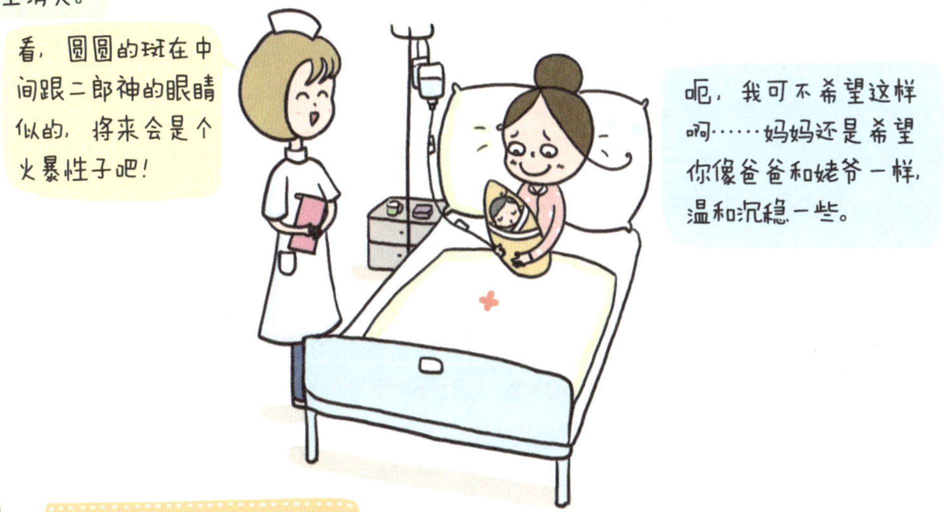

新生儿毛细血管扩张

新生儿毛细血管扩张，也叫毛细血管瘤，但并非真性肿瘤，是由于先天性毛细血管壁薄弱，皮肤表面的毛细血管扩张所致。一般在出生时或出生后不久出现，表现为一个或数个境界清楚的淡紫红色、淡紫色和红色的斑块；大小不等，不高出皮肤，压之易褪色，常在哭闹、用力或洗澡遇热时颜色加深。好发生于前额、鼻梁、颈后、后枕部和两眉之间等部位。多为单侧，偶可见双侧，有时可累及黏膜。

新生儿毛细血管扩张在婴儿中较常见，2～3个月后即进入增生期，8个月至1岁停止生长并逐渐退化，消退率可达98%，半数在5岁内完全消退。消退后，皮肤外观正常，无任何痕迹。大多数婴儿的血管瘤会自然消退，因此可先不急于治疗，跟医生咨询后再确定如何对待。

难熬的术后生涯

悠宝出生 5 天

手术刚结束，我和悠宝都顺利回到了病房。听说很多剖宫产产妇要去重症监护室（ICU）看护，还有很多宝宝有黄疸要去照蓝光，没办法马上回到妈妈身边。

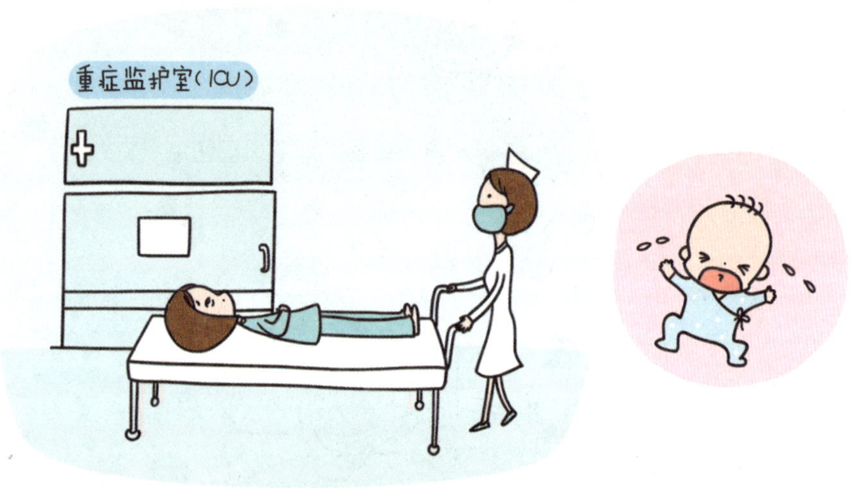

剖宫产后需要卧床 24 小时才可以起身，因为腹部有切口，麻醉药失效后会非常疼。医生给我配置了一个自控式的镇痛泵，疼的时候可以按一下，一共可以按 32 下。悠宝就躺在我身边的小床上。

剖宫产属于手术，产后我只好躺在床上乖乖输液，24小时不能起身。刚开始，麻药的效力还在，切口觉不出痛。慢慢地，麻药的作用消失了，最难挨的日子就来了。

为了防止小肠粘连，产后最好经常左右翻身，同时给悠宝哺乳也是左右乳房轮流哺喂，每次翻身我都痛得龇牙咧嘴的，真的非常痛！

虽然医生之前给我安排了镇痛泵，说不影响母乳喂养，但里面装的毕竟是麻醉药物，我还是担心对宝宝有点儿副作用，所以一直坚持不按。

也不知道我被什么信念支撑着，都疼得嘴歪鼻子斜了，也没有去按一次镇痛泵按钮。

我重新刷新了对自己的认识，看来我绝对有做壮士的潜质。

因为我没及时更换卫生巾，恶露太多诱发了湿疹，那感觉，绝对雪上加霜。

剖宫产后护理注意事项

1. 剖宫产术后麻醉药的作用会逐渐消失，可请医生配好镇痛泵，以减轻疼痛。如使用镇痛泵的过程中因个体差异出现不适，要及时告知医生。镇痛泵药效过后，最好不要再使用药物止痛，以免影响肠蠕动功能的恢复。伤口疼痛一般3天后会自行消失。

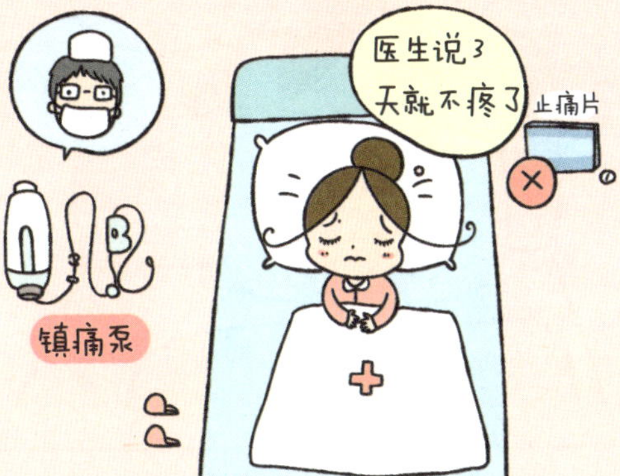

2. 剖宫产后产妇要待排气（放屁）后才可以进食。排气后，饮食可由流质改为半流质，食物宜富有营养且易消化，可以吃蛋汤、粥、面条等，然后依产妇体质，饮食逐渐恢复到正常。不要马上进食牛奶、红糖水、豆浆、大量蔗糖等胀气食品，以防腹胀更加严重。这个阶段也不要急于喝一些油腻的下奶汤，例如鸡汤、肉汤等。

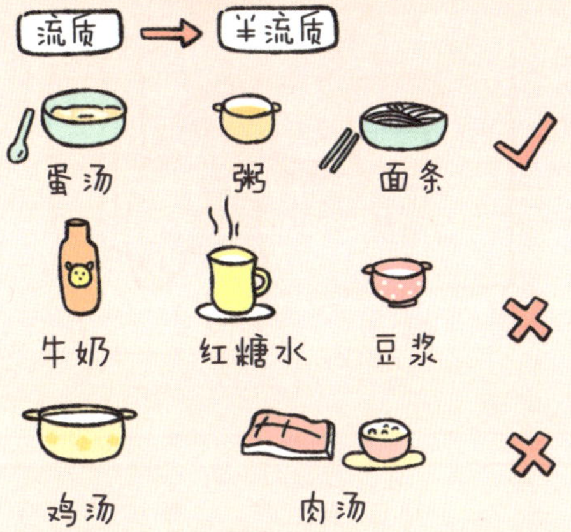

3. 生产24小时拔除导尿管后，要尽快开始肢体活动。可以翻身、坐起，再慢慢下床活动。这样能增强胃肠蠕动，尽早排气，还可预防肠粘连及血栓形成。千万不要一直安静卧床，这样会影响下肢血液循环，有可能会引起下肢静脉炎。

4. 术后最好采取微屈的侧卧位体位，使身体和床成20～30度角，将被子或毛毯垫在背后，以减轻身体移动时对切口的震动和牵拉痛。

5. 需要及时排便。剖宫产后，由于疼痛致使腹部不敢用力，大小便不能及时排出，易造成尿潴留和大便秘结，故产妇术后应按平时习惯及时大小便。

6. 严防感冒。感冒咳嗽可影响伤口愈合，剧烈咳嗽甚至可造成切口撕裂。已患感冒的产妇应及时服用药物治疗。

7. 保持阴部及腹部切口清洁。术后2周内，为了避免腹部切口沾水，全身的清洁宜采用擦浴，恶露未排干净之前一定要禁止盆浴。产后恶露排出时应及时更换卫生巾，防止诱发会阴部皮肤湿疹，每天注意外阴处的洁净。

8. 拆线出院后，也应观察自身的恢复情况。如产后恶露的排出状况，伤口是否正常等，如出现恶露不尽、伤口红肿发炎等情况，应及时去医院就诊。

产褥期绝对禁止房事。剖宫产术后3个月，如果阴道不再出血，经医生检查切口愈合情况良好，可以恢复夫妻生活。但是，一定要采取严格的避孕措施，否则，有疤痕的子宫容易在做刮宫术时发生穿孔，甚至破裂，极其危险。

镇痛泵是什么

镇痛泵是由麻醉医生依据患者止痛需要选择合适的规格后，预设适当的用药剂量对病人输注止痛药物，再交由病人自我管理的一种解除或缓解疼痛的医疗器械。

一般，由产妇在术前提出使用镇痛泵的要求，麻醉医生根据产妇的情况及止痛要求在手术结束前配好镇痛药物，并将药物注入镇痛泵中，设置好各种参数及给药速度，手术结束时直接连置在硬膜外导管或静脉通道。镇痛泵会以均匀的速度向产妇体内输入镇痛药物。

有副作用吗

会有一定副作用，但副作用大小因人而异。

部分产妇会排气排便不佳，肠道蠕动减弱，个别人还会出现恶心呕吐、尿潴留、瘙痒、低血压、呼吸不畅等症状。不过，由于产妇可以自行控制镇痛泵，上面不良反应也能够得到控制。有不舒适的感觉要及时告知医生。

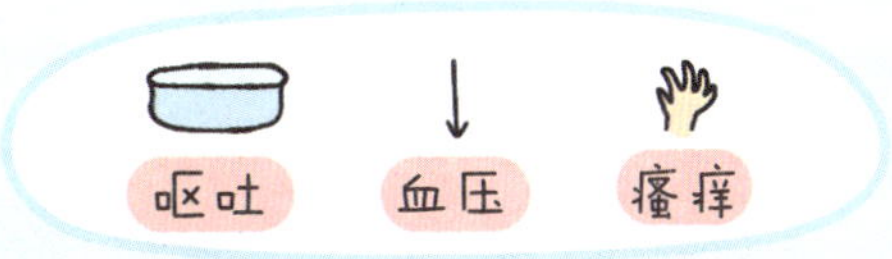

是否影响母乳喂养

使用镇痛泵后，产妇剖宫产后疼痛明显减轻，可以更早开始母乳喂养，宝宝尽早吸吮后会产生很强的吸吮反射，可促进产妇催乳素的分泌，早下奶，并且乳汁分泌也多。镇痛泵中微量的镇痛药物不会对宝宝造成不良影响。

出 院 啦

悠宝出生 8 天

在医院住足了7天，在一个阳光灿烂的日子里，我们——出院啦！

从今往后，我们的小家又多了一个新成员——悠宝，这个襁褓中的小婴儿开始跟我们一起度过他人生中最初的日子。

如果能开口，我猜，他最想说的应该是：

坐　月　子

悠宝出生 10 天

随我们一起回到家里来的，还有朋友介绍的月嫂陈阿姨。

生产之前，我很想妈妈也过来，和婆婆一起照顾我坐月子。刚生产完的那些天，还是跟妈妈待在一起更觉得心安。不过妈妈有事没法在我这里待很长时间，于是我就在朋友的推荐下请了月嫂来帮忙。

中国人一直都很重视坐月子，很多规矩我怀孕的时候就听说过，在我准备待产包的时候也为自己准备了一些坐月子用的物品。

月子里，月嫂负责照顾宝宝，婆婆负责做饭和做家务，我负责喂宝宝。

月子生涯总体而言还是很单调的，我极少看书和电视，限制用手机和电脑，每天基本上就是吃吃睡睡加喂宝宝。

有位学心理学的朋友告诉我，其实看起来萌萌的什么也不会表达的小婴儿在出生后的6周内都是处在一种恐惧不安的状态里。

因为在妈妈的子宫里非常温暖、安静、黑暗，突然间来到了这个嘈杂明亮的世界，宝宝需要时间来慢慢适应。

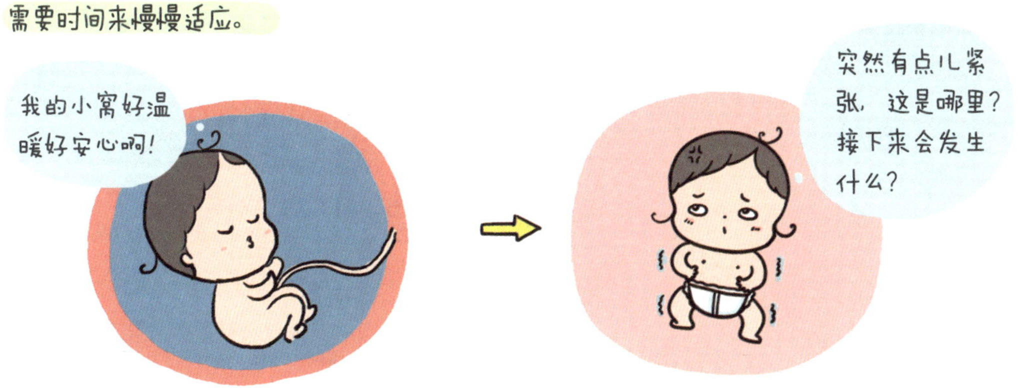

所以，我们传统的坐月子是有道理的，让产妇和婴儿尽量处在一个安静不被打扰的环境里，让宝宝在这6周内（正好是产褥期）得到很好的照顾，产妇也可以安心休息。

月子期间我基本上处于缩壳儿状态，书、手机和电脑都很少看。期间鹿仔过生日，我在电脑上写了一封长信给他，该是月子期间用电脑最久的一次。

悠宝挺乖的，月子里的绝大部分时间都在吃吃睡睡。印象最深的是他第一次在家里洗澡，洗好躺在床上，我给他扑粉时，看他四肢细细的又弯着小腿，好像一只小青蛙。

月嫂阿姨跟我住在一个房间，如果夜里宝宝醒了哭的话，她就会立马抱过来让我喂奶。

宝宝吃完奶之后，月嫂会去厨房做个夜宵给我吃。一般是酒酿蛋之类的，让我补充能量。

那时，月嫂阿姨还会在本子上帮我记录悠宝吃奶、便便和睡觉的具体情况，我也是从那个时候开始做记录，一直记到悠宝一岁多断奶时。

我想，请月嫂也是有利有弊的事。有利的一面是有月嫂帮忙照顾孩子，我们可以节省很多精力。弊端是，因为觉得月嫂护理知识丰富，就会产生依赖感，自己不再去了解相关知识。月嫂也并不都是完美的，可能会有护理上的盲点，这时还是需要自己去判断。

所以，请月嫂的同时妈妈也应该了解足够多的照顾宝宝和自己的知识，而不是一味听月嫂的。只有自己知识储备充足了才能去甄别哪些是合理的，能更好地照顾宝宝。

月子里的小插曲

月子里，我就发现自己的母乳不是那么充足，但是又很希望给宝宝吃足够多。后来在喂奶的当下我竟然突发奇想，觉得在悠宝吃奶的时候，我用手挤压乳房的话母乳应该能多一点儿。

于是，每次喂奶的时候我都会边喂边用手挤乳房，尤其是右手指使用得更频繁一些。

当时不知道，月子里禁关节劳累，手指关节也要保护啊。后来才发现，那时用手挤奶真的伤到关节了。阴雨天，右手手指关节会隐隐地不舒服，用力拧东西时也不像以前那样使得上力了。

月子小知识

坐月子可以追溯至西汉时期的《礼记内则》，当时称为“月内”，距现在已经有两千多年的历史了，是产后必需的一种仪式性的行为。

一直都知道要坐月子，就是不知道究竟坐月子为什么那么重要呢？

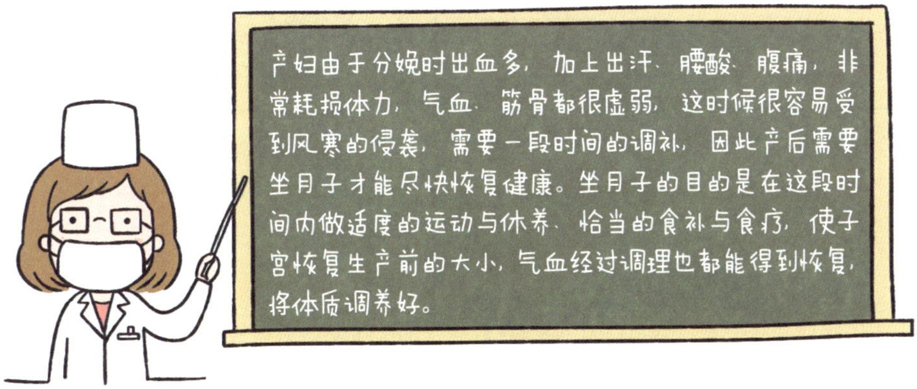

坐月子的过程，实际上是产妇的生殖系统恢复的过程。产前孕妇担负着胎儿生长发育所需要的营养，子宫、肺脏、肾脏、输尿管以及皮肤、骨关节、韧带等母体的各个系统都会发生一系列的适应变化。分娩后，这些变化能否尽快复原，取决于产妇在坐月子时的调养保健。若养护得当，则恢复较快；若调养失宜，则恢复较慢。所以月子的养护极其重要。

坐月子注意事项

1. 不能吹风。因为产后气血虚弱、骨骼松弛，风寒湿邪易乘虚而入，引起感冒、风湿、关节酸痛、腹泻等疾病。

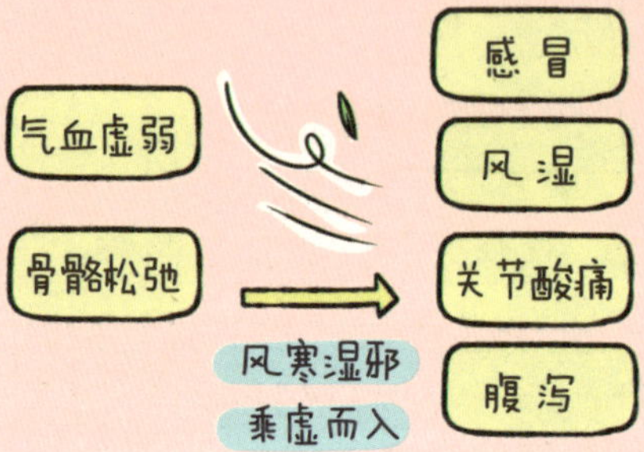

2. 不能用冷水洗手。产妇全身的骨骼松弛，如果冷风、冷水侵袭到骨骼，就可能落下“月子病”。即使在夏天，洗东西时也要打开热水器用温水洗。

3. 不能吃生冷的食物。产妇由于分娩消耗大量体力，分娩后体内激素水平大大下降，新生儿和胎盘的娩出等，都使得产妇代谢降低，体质大多从内热到虚寒。因此，中医主张产后宜温，过于生冷的食物不宜多吃。

4. 不能长时间用眼，看手机、电脑或书。不能流泪或长时间大量阅读，否则会伤害视力。阅读时姿势要正确，时间不要太长，光线要充足，不看情绪激烈的内容，最重要的是不要影响休息。

5. 可以刷牙。应注意：切记要用温水刷牙，并在刷牙前最好先将牙刷用温水泡软，以防牙刷对牙齿及齿龈刺激过大。

6. 根据自身情况可以洗澡。应注意：洗头、洗澡要用40℃左右的温水，洗完头后要及时用干毛巾擦干头发。

7. 夏天可以开空调。应注意：开空调时不要将风口对着产妇，将室温设定在25℃～28℃是最适宜的。

8. 忌急于喝催奶汤。产奶的前提是要乳腺管全部畅通，分泌出的乳汁才不会被堵塞以致引起乳房胀痛。专家建议：产后不要急于喝催奶汤，应该先让宝宝吸吮妈妈的乳房，让乳腺管全部畅通，再进行汤类加以补助。

9. 生产过后可以根据自身情况考虑绑腹带。腹带在一定程度上可以预防内脏下垂和皮肤松弛，对产后子宫、产道复旧、促进恶露排净等具有一定效用。对腹带做过了解之后可以结合自身情况决定。

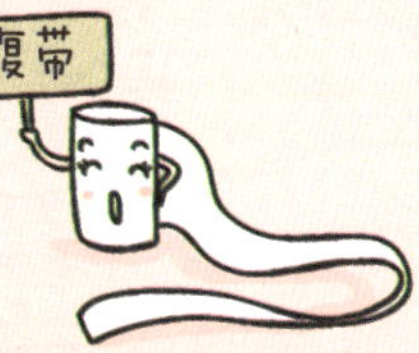

10. 注意适当通风，减少室内空气污染。用后的纸尿裤要及时清理，否则产生的氨气会刺激宝宝的眼睛和呼吸道，影响宝宝的健康和发育。

用弹簧秤称体重

悠宝 1 个月

悠宝满月后，社区里来了一位奶奶上门给他做体检。检查了一些项目之后，奶奶从随身的包里拿出了一个弹簧秤，把悠宝放到了一个布袋子里拎了起来，给他称体重。是啊，称这个小家伙目前用弹簧秤足矣。这应该是悠宝人生中最特别的一次称重经历吧。

给悠宝洗澡

悠宝出生 1 个月零 1 天

月嫂在的时候，一直是月嫂负责给悠宝洗澡。我那时候感觉，洗澡是一件非常难的事，那么软软小小的婴儿，要把他放在浴盆中，防止他滑落，还要防止他口、鼻、耳进水，我对完成这件事是很缺乏信心的。

做满一个月之后，月嫂离开了，照顾悠宝的全部工作都由我和婆婆完成，有时姥姥也会过来帮忙。洗澡成了我们要面临的第一件大事。

今天，是我们第一次给悠宝洗澡，我和婆婆把洗澡和浴后要用的物品准备了一下。

物品准备齐全之后，就开始进入洗澡的程序啦。我打下手，胆大心细的婆婆实际操作，鹿仔则负责拍照做记录。

婆婆用浴巾裹住宝宝的胸和肚子，让他躺在腿上，左肘和腰夹住宝宝的小屁屁，防止他乱动。

左手掌和左臂托住宝宝的头，右手用毛巾轻轻擦拭宝宝的眼角、面部。

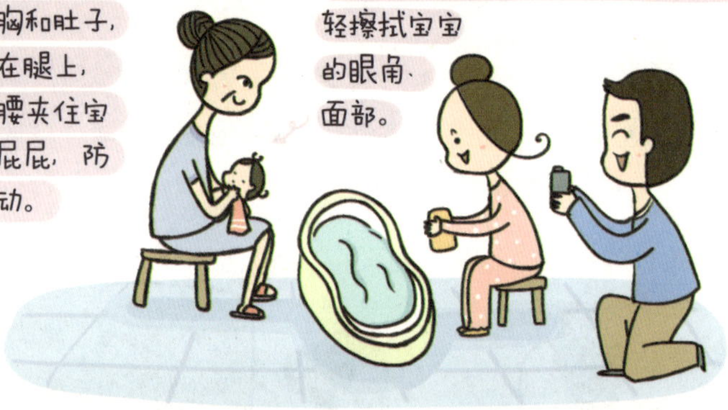

脸部洗好之后，婆婆用温水把宝宝的头部打湿，准备洗头发。

用右手托住宝宝头部仍旧是夹在腋下，用手指将耳朵压向前边，防止进水。

涂一些沐浴液软化头垢，轻轻擦洗后再用清水冲洗干净。

最后一步是洗身体。这次，婆婆用左手和右手托住悠宝的头部和背部，轻轻把他放到水中，用小毛巾给他擦拭全身。

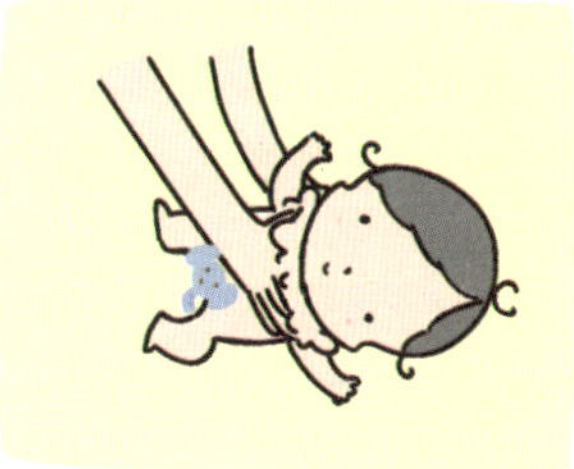

擦洗宝宝的颈部、胸膛

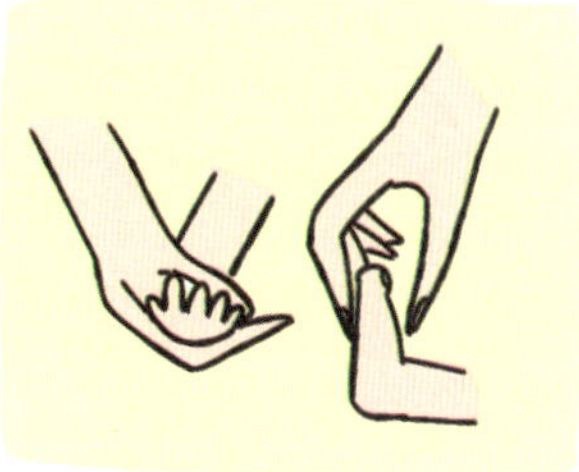

清洁手指缝、脚趾缝

清洗小屁屁和私处

用双手托稳宝宝的颈部和背部，用水把身体冲洗干净

看起来悠宝对奶奶的洗澡手法非常满意，整个过程都没有哭闹，表现得很乖巧。洗好之后，我们把他放到大床上，给他做了一些护理。

用棉签擦一下小耳朵，防止耳朵受潮不舒服。

检查一下皮肤的褶皱处，用浴巾轻轻擦干再涂上一点儿爽身粉，防止出汗。

涂一点儿宝宝润肤霜，再戴上纸尿裤，穿上睡衣。

在保证室温的情况下，做一点儿简单的抚触。

再后来，我买了一个给悠宝洗澡用的小浴网，洗澡的时候把他放在上面，方便安全了很多，我也可以大胆给悠宝洗澡啦。

宝宝洗澡注意事项

1. 新生儿时期洗澡注意不要弄湿肚脐，用湿毛巾擦洗一下即可。

2. 用水温计测试好，防止水温过烫或过凉，水温在37℃～40℃之间。

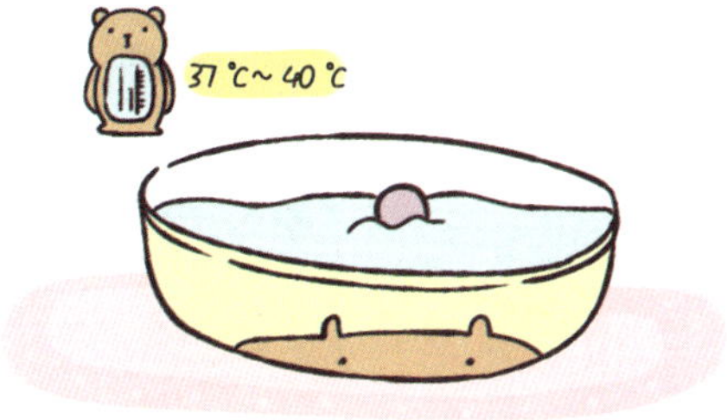

3. 洗澡时间，可安排在喂奶前1～2小时，防止引起吐奶。

4. 如果天气炎热，可每天洗澡，但沐浴液不用每天都用，3天一次即可，用量也不要太多，妈妈在手上搓出泡沫再给宝宝涂抹即可，皮肤有破损的话，仅用温水擦洗就可以了。

5. 洗澡时间不要过长，在5分钟以内，防止宝宝着凉。

6. 爽身粉不必每次都擦，夏天可在皮肤褶皱处擦一些。涂抹时注意不要让粉进入宝宝的口腔、鼻腔或眼睛中。

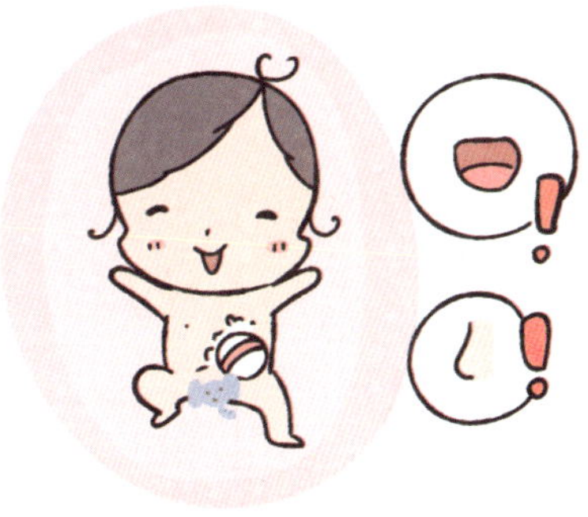

第一次去社区打疫苗

悠宝出生 1 个月零 2 天

今天，悠宝需要去社区妇幼保健所打疫苗。

上午，小家伙吃了奶之后还想再睡一会儿。

说是第一次打疫苗，其实，是第一次由家人带去社区打，初生宝宝们在医院的时候就已经注射过乙肝疫苗和卡介苗了。

那时悠宝才一个多月，还不到 42 天。还没出产褥期，家人让我在家休息。

我把悠宝打针要用到的证件和外出要用的物品准备好，嘱咐了一下，老公和婆婆就带着悠宝出发了。

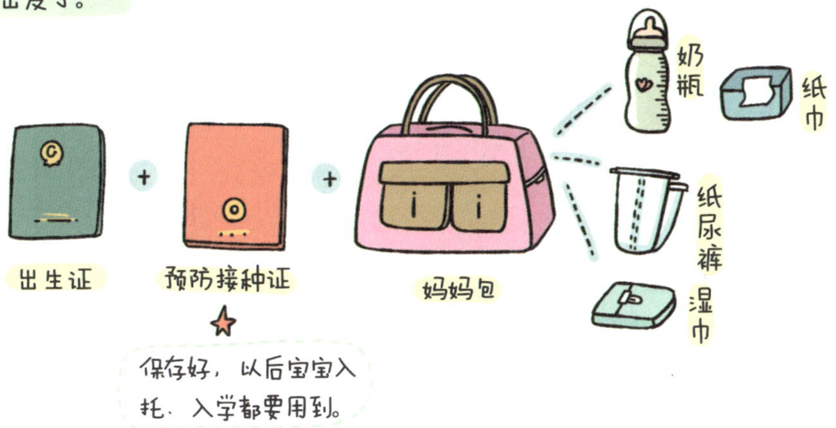

心里悬着的一块石头终于落地了。过了没多久，老公和婆婆带悠宝回到家里，让我先给悠宝吃些母乳哄他睡下，又跟我讲了今天接种的具体情况。

流程

A. 在窗口交费取号。

B. 排队等候。

C. 喊号后进去注射。

D. 注射完毕，在门口坐等 15~30 分钟观察宝宝的状况。

宝宝接种疫苗注意事项

1. 带上一些必需物品。如奶瓶、奶粉、热水、尿片、纸巾、湿巾等。还可带上宝宝喜欢的玩具，在宝宝哭闹时可派上用场。

2. 最好给宝宝穿宽松易脱的衣服，方便暴露出注射位置。

3. 向医生详细说明宝宝的健康状况，如是否服用药物、是否有过敏、有无发烧、是否早产、有无风疹以及慢性疾病，以便医生判断有无接种的禁忌症。有感冒腹泻症状的宝宝须疾病痊愈后再接种。

4. 接种糖丸（脊髓灰质炎减毒活疫苗糖丸）前半小时内一定不能吃奶、喝热水。有手术、肛周脓肿、严重红屁股，甚至严重腹泻的宝宝，需要推迟吃糖丸。

宝宝接种疫苗后的注意事项

1. 接种后带宝宝在医院观察 15 ~ 30 分钟，一旦有异常情况尽快告知接种单位。
2. 注射疫苗当天不要洗澡，不要剧烈运动。注射部位保持皮肤清洁。不要让宝宝抓到。
3. 多喝开水，多吃水果蔬菜。不要吃刺激性的食物。
4. 接种部位反应较严重可尝试用毛巾热敷。卡介苗出现红肿无须处理。
5. 每次预防接种后务必查验医生是否填写完整，签署名字、日期和盖上医院的接种章。
6. 如注射后出现高热不退、全身皮疹或其他异常反应，应及时到医院诊治，将身体反应情况告知预防接种单位。

宝宝疫苗接种表

（此表格为 0~1.5 岁宝宝接种疫苗）

接种年龄	疫苗名称	次数	可预防的疾病
出生时	乙肝疫苗	第一次	乙型病毒性肝炎
	卡介苗	第一次	结核病
1 月龄	乙肝疫苗	第二次	乙型病毒性肝炎
2 月龄	脊灰疫苗	第一次	脊髓灰质炎（小儿麻痹）
3 月龄	脊灰疫苗	第二次	脊髓灰质炎（小儿麻痹）
	无细胞百白破疫苗	第一次	百日咳、白喉、破伤风
4 月龄	脊灰疫苗	第三次	脊髓灰质炎（小儿麻痹）
	无细胞百白破疫苗	第二次	百日咳、白喉、破伤风
5 月龄	无细胞百白破疫苗	第三次	百日咳、白喉、破伤风
6 月龄	乙肝疫苗	第三次	乙型病毒性肝炎
	流脑疫苗	第一次	流行性脑脊髓膜炎
8 月龄	麻疹疫苗	第一次	麻疹
9 月龄	流脑疫苗	第二次	流行性脑脊髓膜炎
1 岁	乙脑减毒疫苗	第一次	流行性乙型脑炎
1.5 岁	甲肝疫苗	第一次	甲型病毒性肝炎
	无细胞百白破疫苗	第四次	百日咳、白喉、破伤风
	麻风腮疫苗	第一次	麻疹、风疹、腮腺炎

理胎发的故事

悠宝出生 1 个月零 4 天

悠宝满月以后，这天社区里来了位大妈，说是专门为宝宝免费理胎发的。

大妈很热情地用推子把悠宝的鬈发剃成了小平头。

胎发理好了，婆婆提了个要求，想要剃个“花头”。就是长短理得不一般齐，有的地方短一点儿有的地方长一点儿。按照有的地方传统，老辈人认为宝宝第一次理胎发剃花头比较吉祥。

于是，大妈又拿起了推子进行“二次加工”，有些头发往深处推了几下，悠宝的发型又变了个样儿。

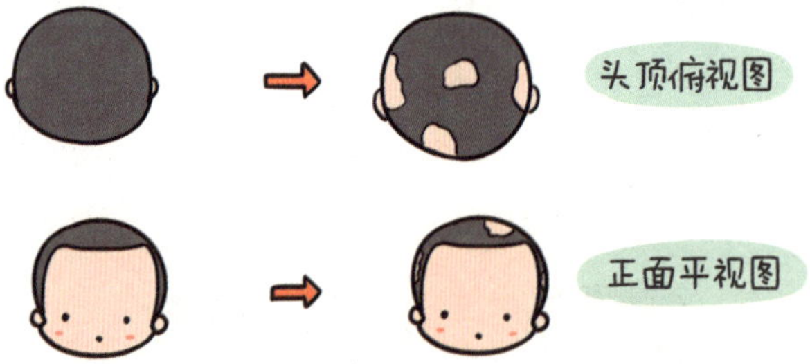

胎发理好后，大妈没有马上告辞，而是拿出了一个大画册跟我们聊起天儿来。

后来，我真的被大妈说动了，订制了一张胎毛画、一个胎毛印章，还有一套百日照。

过了几个月，胎毛画和印章取回来了。印章倒还好，比较小巧，中间嵌了一点儿宝宝的胎发。可是胎毛画又大又重，上面是用宝宝的头发贴了一只并不怎么太美的兔子。

总之，真的有点儿令人发愁的大物件。

其实后来想想，真的没必要做那么大张胎毛画。只要准备个精致的小布袋，用红绳子系起一小撮儿胎发保存就可以了。还可以在里面放张卡片或信笺，描述一下理胎发的情形，以后给宝宝看。

悠宝的这张圣旨似的胎毛画，我也想到用途了，那就是——流芳百世（其实是"留毛"百世）！

理胎毛的故事到这儿还没有结束。理了"花头"之后，悠宝的头发又慢慢地长长了。可奇怪的是，当时被理到头皮根部的那几处头发一点儿生长的迹象都没有，依旧光溜溜的。确切地说，就是呈斑秃状态。

可是，又过了两个月，那几块头皮那儿还是光秃秃的，其余的头发已经挺长了，更加凸显了那几块“斑秃”的区域，悠宝的发型看起来有点儿怪异。

只是，不担心，怎么可能呢？这几处光秃秃透着亮的一毛不拔之地，时不时困扰着我这个新妈妈紧张又脆弱的心。

这件事困扰了我差不多半年。终于有一天，我发现一些新鲜的小毛茬儿从原来光滑透亮的头皮那儿冒出了头，再后来，又慢慢长长，越长越多，新头发长出来啦!

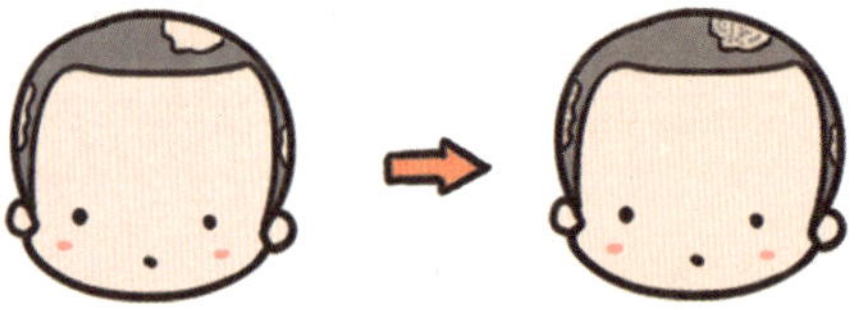

看到那些新鲜的小毛茬儿，我简直要喜极而泣！只有经历过的妈妈才明白那种复杂又激动的心情。

这是我自己的亲身经历，直到后来查了资料才了解到更多关于宝宝理发的知识，分享给各位宝妈，希望大家少走弯路。

关于宝宝胎发要不要理

民间一直流传理胎发的说法，认为满月的宝宝将头发剃光的话，新长的头发会更黑更浓密，有的甚至连眉毛和睫毛也都给剃光剪短。

各位妈妈注意了，其实这种做法没有科学依据，并不可取。人的头发生长，主要受体内肾上腺皮质激素等的调节，跟剃头没有关系。

为满月婴儿剃光头，不仅不能为宝宝带来什么附加好处，反而可能引起其他不必要的麻烦。婴儿的头皮嫩薄，极易造成头皮毛囊组织的损伤，甚至细菌感染，影响头皮的正常生长。

头发在某种程度上可以起到对宝宝头部的保护作用，当宝宝头部无意间遇到外物伤害（如撞击等）时，头发可以起到缓冲的作用。

剃光头后，婴儿娇嫩的皮肤直接暴露在外。外出时，头皮受到太阳光的直接照射，容易造成皮肤晒伤。如果是已经剃了发的宝宝，出门一定注意戴太阳帽遮挡阳光。

如果宝宝头发浓密，又逢夏日，容易出汗长痱子，可以适当为宝宝剪短头发，但是注意尽量使用剪刀而不是剃刀或推子。长了湿疹的头发更不能用剃刀剃刮，一定要用剪刀，防止因为剃刮头发引起感染。

宝宝第一次“流血事件”

悠宝出生 1 个月零 7 天

自从有了悠宝，鹿仔也迅速进入了角色，像模像样地做起了爸爸。

这天早晨，父爱爆棚的鹿仔准备亲自“操刀”给心爱的儿子剪指甲。

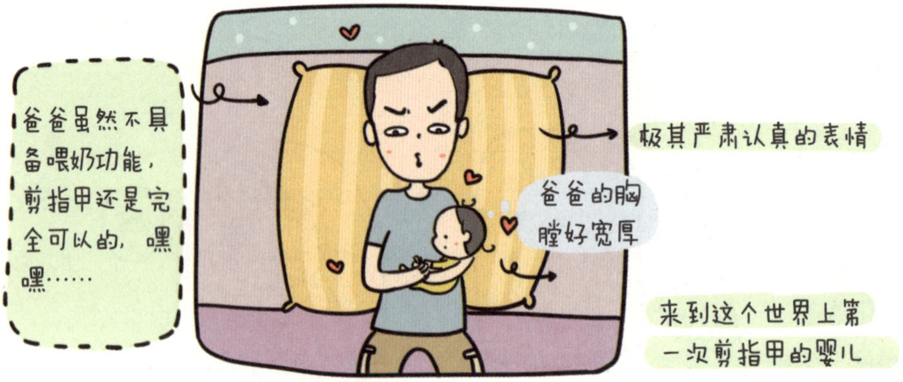
爸爸虽然不具备喂奶功能，剪指甲还是完全可以的，嘿嘿……
极其严肃认真的表情
爸爸的胸膛好宽厚
来到这个世界上第一次剪指甲的婴儿

中国靠谱好爸爸
默许的眼神

哇哇……
哇哇哇!!
哇……

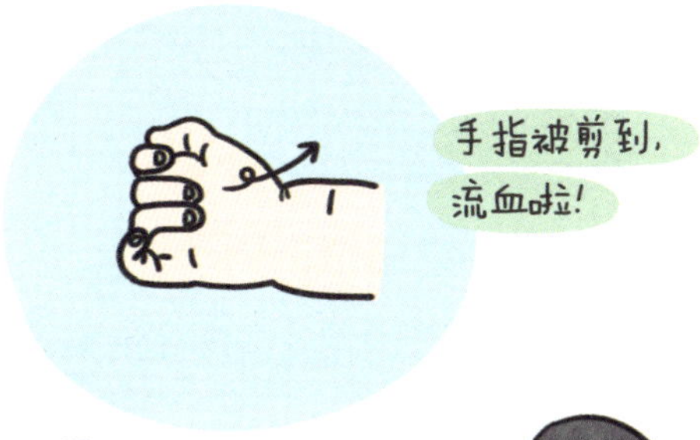

这就是悠宝的第一次“流血事件”。

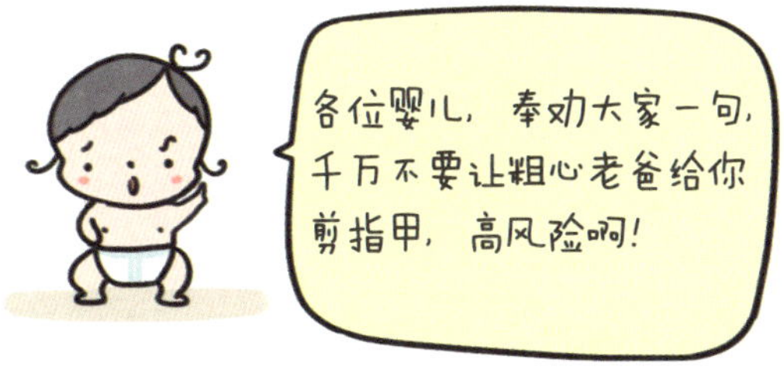

如何给宝宝剪指甲

1.选择合适的指甲刀。市面上有专供宝宝使用的婴儿专用指甲刀，前面有一个安全钳口设计，避免剪太深，还有一个护栏可以避免剪下的指甲弹到宝宝的脸上和身上，比较安全卫生。有的爸爸妈妈习惯使用自己平时常用的指甲刀，那要注意做好指甲刀的消毒工作。

2.确保宝宝处于安静状态，最好是在宝宝睡着了以后再剪，不用担心因为宝宝突然晃动手指而被剪伤。

3.不要剪太深，剪完之后用指甲刀的锉面磨一遍，保证没有尖角，以免刮伤宝宝。

攒 肚 啦

悠宝出生 1 个月零 8 天

不知道因为什么原因，悠宝已经整整 5 天没有大便了。

虽然婆婆根据她的经验宽慰了我，但我还是有些担心，要知道悠宝以前都是每天拉几次便便，现在 5 天都没拉了，而且我觉得婆婆的经验毕竟是一种旧说法，也许并不正确。

因为各种不放心，我去查了一些资料，居然真的搜到了"攒肚"这个名词。

原来这是宝宝满月后因为消化能力提高而表现出的一种正常生理现象。

这次攒肚，悠宝直到第9天才拉出便便。不过拉出的是金黄色的软便，完全符合"攒肚"的特征。

我想他此后的人生中应该再也没有如此辉煌的纪录了！

宝宝攒肚子了该怎么办

1. 什么是攒肚子?

出现攒肚子的多为母乳喂养的宝宝。宝宝1~10天不排大便，也没有痛苦表现，排便时排出的是黄色软便，没有硬结，量也不是特别多，属于正常的生理现象。

2. 宝宝为什么会攒肚子?

宝宝满月前后至两个月的一段时间内，肠道消化能力提高，能够对母乳充分地消化和吸收，所以每天产生的食物残渣很少，不足以刺激直肠形成排便，最终导致多天不排便。

3. 攒肚子和便秘有什么区别?

便秘是指孩子的大便次数和性状发生了改变。便秘不仅仅是指大便次数减少，更重要的是指大便硬结、干燥、排出困难，宝宝可能会有哭泣等痛苦表现。

攒肚子的孩子虽然几天才排便一次，但排出的大便是正常的黄色软便，不存在排便困难。

4. 可以为宝宝做些什么?

可以为宝宝适当做腹部按摩。

(1) 用手掌轻轻按摩婴儿的腹部，以肚脐为中心，顺时针按摩2~3分钟，每日3~5次。

(2) 婴儿仰卧，抓住婴儿双腿做屈伸运动，即伸一下屈一下，共10次，然后单腿屈伸10次。这样会帮助婴儿增强肠蠕动，有利于大便排出。

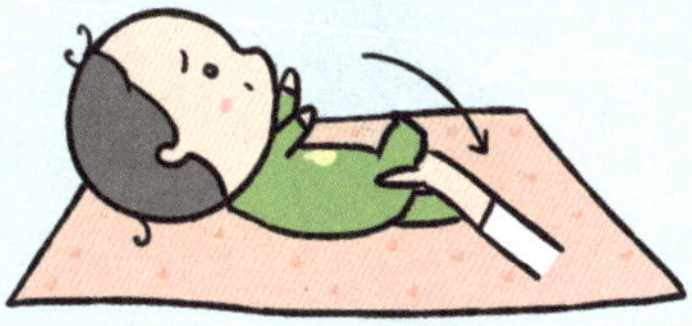

到底要不要把尿

悠宝出生 1 个月零 9 天

悠宝还没出生的时候，我囤了很多纸尿裤，婆婆也为他准备了一些棉布做成的尿片。

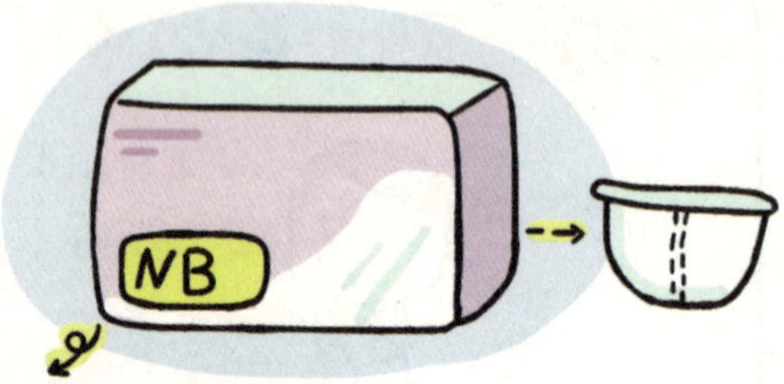

进口高级纸尿裤

裁剪好的棉尿片

悠宝出生后，主要还是使用纸尿裤，偶尔也会用棉尿片。婆婆认为棉尿片透气性好，宝宝用着舒服，只是清洗起来太麻烦。

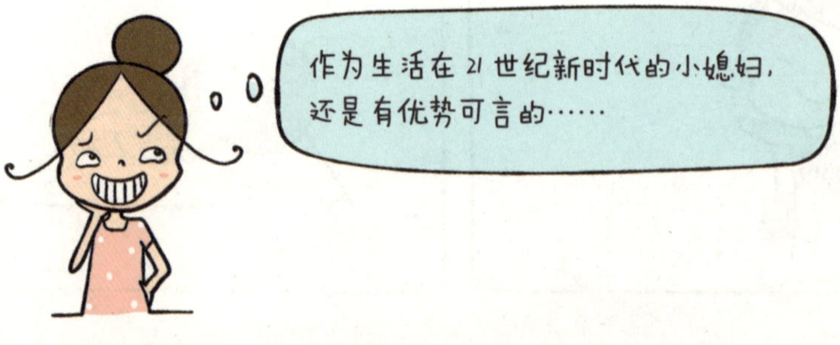

出了月子没多久，婆婆建议尝试给悠宝把尿。

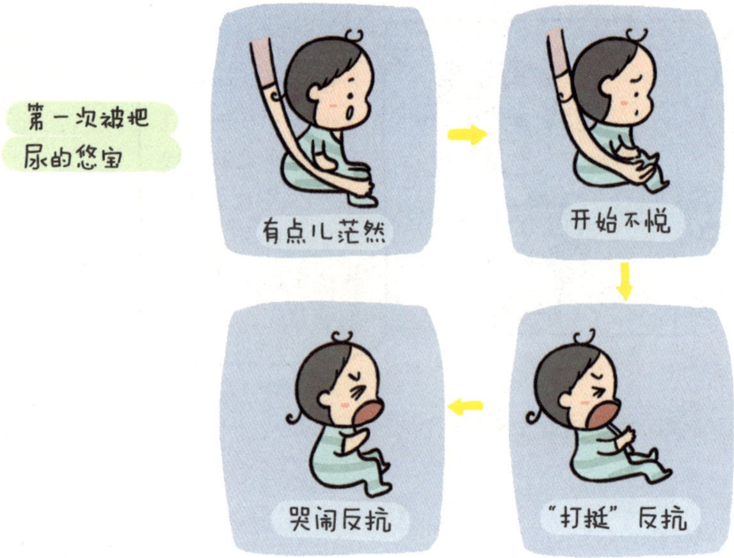

这样僵持了一会儿，
悠宝经历了哭闹反抗，
小脸憋涨得通红，终
于撒出了一泡尿。

虽然婆婆这样说，可我心里难免还是有些担心，而且悠宝是哭闹挣扎了一阵子之后才撒出的尿，想想还是不放心，我又去书上和网上查了资料。

查阅了资料之后我才发现，把尿把便确实有很多副作用，尤其是一岁以内的婴儿。

书本和网上的论述很一致，主要是讲了如下几点：

婴儿的约括肌在3岁左右才发育成熟，可以自如地控制大小便。

频繁把尿，容易造成脱肛、肛裂、痔疮、尿频等问题。

强迫把尿，不顾婴儿“打挺”、哭闹等反抗，是对宝宝的不尊重，易产生精神压力和心理隐患。

我尽快想办法跟婆婆沟通这个问题。好在婆婆在育儿的问题上一直比较尊重我的意见，属于比较容易交流和沟通的老人，没费太多力气我们就在这个问题上达成了一致。

婆婆一直帮我悉心照料着悠宝，虽然在有些育儿观点上我们会存在分歧，但是好在婆婆很通情达理，了解我们年轻人育儿会有一些新的观点和理念，所以并没有很坚持。

从此之后，悠宝又开始了不被把尿的自由人生。

给宝宝把尿的弊端

1. 1岁前把尿会导致宝宝不能自主排尿。会使宝宝不知道根据便意排尿，只根据把尿这个动作反射性排尿。经常把尿会遇到宝宝晚上不能安睡，非要把一泡尿才能再睡，甚至白天不把不尿，只知道因为憋尿而哭闹的情况。

2. 会造成脱肛、肛裂。对1岁以下宝宝进行把尿训练，宝宝自身控制肛门括约肌的韧带相对松弛，极易造成直肠黏膜经肛门脱出的现象，即脱肛。脱肛又会造成婴儿排便时部分梗阻，增加排便费力程度，易引发肛裂。

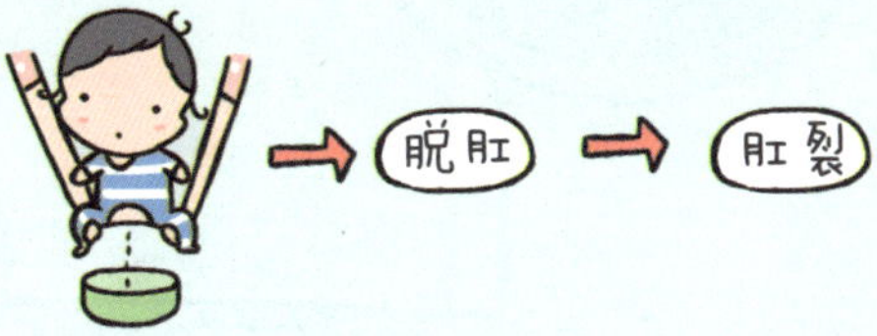

3. 太早把尿容易让宝宝形成尿频或滴答尿的毛病。如果家长频繁地给孩子把尿，会让孩子对大人的指令产生条件反射而尿尿，并非膀胱充盈，憋不住尿，反而容易尿频。

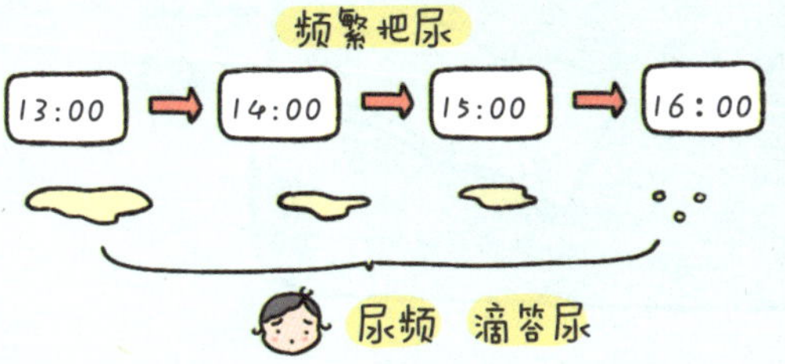

4. 对宝宝的心理发育产生不良影响，同时也是对宝宝的不尊重。给宝宝把尿时常遇到的一个情况是宝宝会“打挺”，这其实是宝宝在表示抗拒，如果还不顾宝宝的意愿强行继续把尿，那么已经是强迫宝宝了，对宝宝心理发育不利。

5. 不时提醒孩子去尿尿，也会影响孩子的专注力。因为给宝宝把尿成了习惯，掐算了大概时间觉得宝宝该尿了，就抱起宝宝来进行把尿，会不小心破坏孩子的专注力。

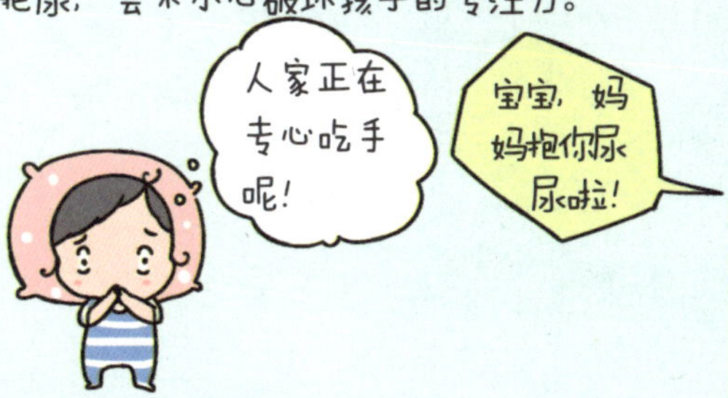

6. 不把尿，少把尿，宝宝会更早学会自主便尿。不把尿和少把尿的孩子，一直是依据便意排尿，所以对便意的掌握较好。而过多把尿的孩子，始终在根据便意排尿和根据把尿动作排尿之间混淆，对便意的掌握很差，反而很晚才能学会自主便尿。

睡梦中的吻

悠宝出生 1 个月零 9 天

今天，悠宝还在睡梦中，我忍不住轻轻吻了一下他的小额头。记得悠宝的奶奶叮嘱过我，不要去亲吻睡梦中的孩子，这样他们以后容易调皮任性。可是，这是一个多么难以遵守的魔咒。睡梦中的宝宝，像一颗散发着香甜气息的棒棒糖，像一只毛茸茸的小萌物，散发着诱人的神秘磁场。如果有一天，你变调皮了，妈妈是不是应该反省一下，那一天，那个晚上，睡梦中开启的那第一个吻……

悠宝喜欢趴着睡

悠宝出生 1 个月零 13 天

在悠宝还只有一个多月的时候，被月嫂养成了抱着睡的习惯，常常是刚哄睡了，一放到床上就大哭，让我和鹿仔非常伤脑筋。

刚刚做了父亲，满腔父爱正在胸中汹涌激荡的鹿仔

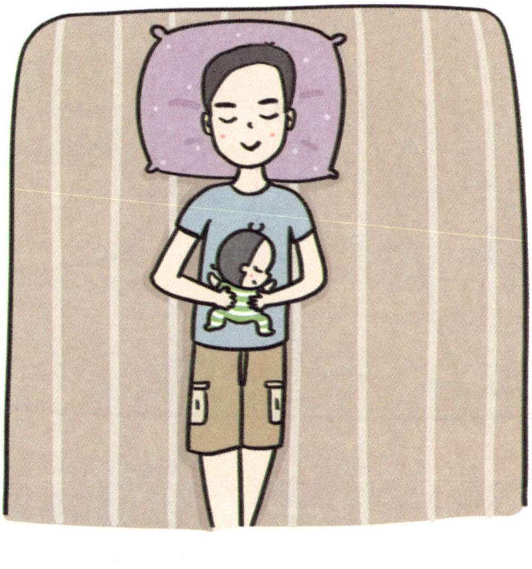

父子俩温馨午睡图

时近中午，鹿仔让悠宝趴在自己肚子上，自己顺便也小憩一下。没想到趴在爸爸肚子上后，小家伙很快就甜甜地进入了梦乡，沉沉地睡去了……

不知是不是因为趴在爸爸肚子上，听着爸爸平稳有力的心跳声，又重温起了在妈妈子宫里那安稳的时光，悠宝睡得非常香甜。
不过，据实况记录，最后，这温馨一幕是这样收尾的——
老婆，不行了，我有些憋不住了……
啊？再忍忍吧老公！你看宝宝睡得多香啊……
不行啊老婆，我真的憋不住了……
早知道给你小子戴块尿不湿好了，还能让儿子多睡会儿……

在悠宝初期的睡眠问题上，鹿仔此举发挥了相当重要的作用。悠宝从此发现了他最爱的睡姿——俯卧。自那天起之后很久，他下午都可以一直趴睡四小时。

不过，因为看到一些资料说婴儿趴睡可能存在窒息危险，所以我、鹿仔和婆婆经常去卧室察看状况。

卧室侦探定期巡查

宝宝趴着睡需要注意什么呢

1.新生宝宝脐带没有掉落前不要趴睡。

2.宝宝的被子和枕头等不宜太软，防止宝宝陷入而被堵住口鼻影响呼吸。宝宝周围也一定不要放毛绒玩具、毛巾等容易堵住口鼻的物件。这点非常重要。

3.不要让宝宝穿着前面有扣子或者凸出物件的衣服趴睡，以免压迫到胸腹部。

4.若心肺功能不佳，如先天性心脏病、先天性喘鸣，或有肺炎、感冒咳嗽、痰多，以及扁桃腺特别肿大、发炎的宝宝，不适合趴睡。

5.月份小的宝宝趴着睡时，家长一定要在旁边照看，察看宝宝的口鼻是否被堵住，定时帮宝宝转换睡姿。一般三四个月以内的宝宝还不能有力地翻身，趴睡容易有窒息的危险，需要加倍注意。

6.宝宝吃完奶之后也不要立刻趴睡。另外，若发现宝宝经常睡同一边，父母可以辅助换边，防止头型睡偏。

关于宝宝趴睡

宝宝为什么爱趴睡

趴着睡接近宝宝在妈妈子宫里时的姿势，即腹面部朝内，背部朝外的蜷曲姿势。这是一种自然的自我保护姿势，能将面腹部等身体较脆弱的部分保护起来使宝宝感到更有安全感，容易睡得熟。

趴睡的益处

1. 趴睡能提高婴儿的睡眠质量：趴着睡的婴儿睡眠时间较长，睡眠质量较高，觉醒次数和时间减少。
2. 趴睡对宝宝大脑发育、心肺功能的发育有益：从人体生理解剖角度说，婴儿的胸廓、肺的后侧部较长，俯卧时肺受挤压程度最轻，呼吸时最符合自然规律。
3. 趴睡对孩子以后的运动协调性有好处：孩子趴着睡，胸廓受压，床的反作用力可促进心肺的发育。随着婴儿四肢的发育，他们开始能独立、随意地进行肢体运动。趴着睡更有利于肢体得到锻炼。
4. 趴睡的宝宝不易呛奶，可预防呕吐。婴儿胃的容量很小，弯曲度不够，加上贲门部收缩力弱，所以婴儿吐乳是极为常见的现象。贲门靠近胃部中间，人体趴着时贲门部被抬高，可以预防吐奶。这时即使发生吐奶，由于脸朝下，也不至于因呕吐物吸入气管而造成窒息。
5. 对孩子以后的头型和脸型可起到整塑的作用。

趴睡的风险

尽管趴睡有一些益处，但是关于是否提倡一直存有争议。因为月龄较小的宝宝万一遇到异物堵塞口鼻，会无力挣扎；有时，父母不易察觉到趴睡的婴儿是否存在异常，以及有可能有其他风险。因此，选用何种睡姿还是根据自己的具体情况而定，本文和文中故事只提供一些参考意见，不作为选用标准。

宝宝的胎垢抠不抠

悠宝出生 1 个月零 16 天

这几天我手痒了，看到悠宝头皮上的那些黄黄的小胎垢忍不住想抠一抠。

一出生，头顶心到发际线就有很多黄黄的胎垢。

我尤爱抠自己及亲友身上的痘痘、耳垢等异物，不能自已。

晚上，给悠宝洗了澡之后，感觉他头上的胎垢软了一些，有的还有点儿翘皮了。

吃过奶之后，他睡着了，我忍不住试着给他抠了一下。

可抠过的地方皮肤整体泛红，总感觉不是那么妥当。

小婴儿的头部皮肤特别娇嫩，直接用手抠除胎垢容易抠破造成感染，最好不要抠。

下面是好友静子推荐给我的一个温和去除胎垢的办法：

a. 洗澡前，用婴儿油（透明的那种）涂抹在宝宝的头部。

b. 然后用湿热的毛巾捂几分钟，将胎垢软化。

c. 几分钟后，轻轻揉搓一会儿，然后用沐浴液洗去。

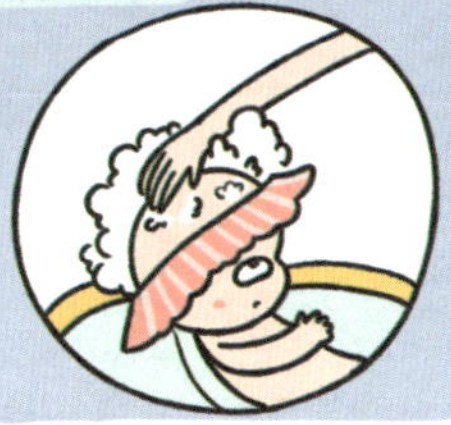

d. 连续两三天这样做后，就能基本清除干净了。

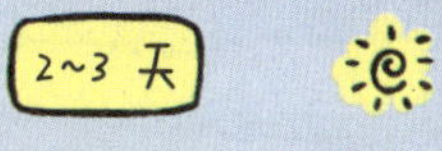

妈妈们要注意哦，揉搓宝宝头皮的动作要轻柔，避开囟门区域。每个宝宝的情况不同，有的也许需要的时间会更长些，不用着急！

今天爸爸来喂奶

悠宝出生 1 个月零 20 天

今天，是爸爸第一次拿奶瓶给悠宝喂奶。鉴于场面特别温馨有爱，我赶紧记录下来了。采访了一下宝爸抱着悠宝喂奶的感受，他说，感觉自己一下子变成了女性似的，特别小心翼翼，生怕弄疼悠宝，心里非常兴奋，又觉得自己有点儿笨手笨脚。奶爸的内心活动还真是比我想的要丰富很多呢。

第二章

宝贝儿，亲一下

努力追奶的“奶牛”战士

悠宝出生 1 个月零 23 天

悠宝出生后，我作为“奶牛”，一大重任就是“产奶”。可是，我的母乳量好像不是那么充足。

这大概也有遗传的因素，我妈妈年轻的时候，也是母乳不充足，我只吃了三个月的母乳就改吃奶粉了。

20 世纪 80 年代

虽然有点儿小沮丧，但是斗志远远大于沮丧！为了能让您宝吃到更多的母乳，我也真是拼了，各种追奶方法都勇于尝试，决不含糊。

让宝宝多吮吸是必需的，因为宝宝的吮吸可以刺激到妈妈体内分泌催乳素和催产素。每次都是我先喂，然后再给宝宝补充一些配方奶。

每天喝汤是必需的，最常喝的是猪蹄黄豆汤、鲫鱼通草汤，还有酒酿鸡蛋和冰糖红豆汤，它们都是对通乳、泌乳有益的汤水。

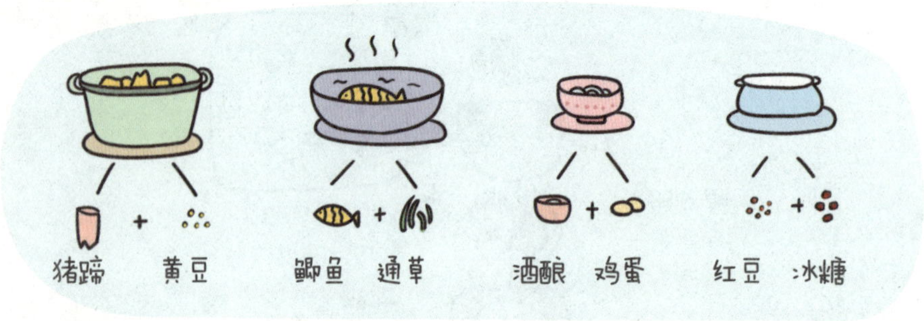

后来，我又在朋友的建议下增加了自制鲜奶茶和花生黄豆红枣豆浆，而我最爱喝的就是香香甜甜的自制奶茶，做法也很简单。

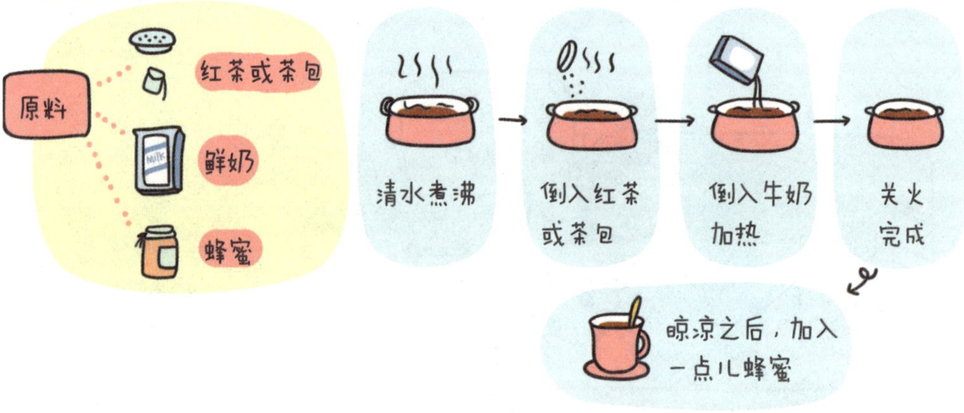

喝汤时，我最常用的方式是牛饮，一碗猪蹄汤，拿到手想都不想，咕咚咕咚全喝下去。

后来，我无意中发现冷却的猪蹄汤上居然浮着一层厚厚的油脂，太多的脂肪喝到肚子里也不健康。我就把汤冷却一下，或者放到冰箱里，等上面的油脂凝固之后刮掉再热了喝，这样就少喝了很多猪油脂到肚子里。

♥ 可以尝试泌乳茶

再后来，我又在网上买了一些泌乳茶，国产的进口的都有，不管作用如何，总是可以为多多泌乳增加一点儿希望，所以就泡着当茶水喝。

泌乳茶里主要是一些增补气血的草本植物，服用时应注意是否适合自己的体质。

跟朋友们打听追奶的方法，我的闺蜜说她同事的老婆喝了一位90岁的老中医开的方子之后特别有效，就向那位同事要了方子，让我试试看。

♥ 可以尝试中药方

“奶牛”之人生至高境界

可是，我按药方抓药煎服之后，没有感觉到明显的效果，肚子还有些不舒服，只好先放下了。

中药也属于药物，所以催乳的药方也是依据个人体质开出的，如果想吃促进乳汁分泌的汤药，还是自己去找中医开最好，因为适合别人的不一定适合你。

每个人因为自身体质的原因，泌乳量各不相同，尽自己的能力为宝宝追奶就可以了，不要给自己太大压力，情绪不佳反而会影响泌乳量哦！

家人的正面情绪引导也是很重要的。我那时虽然奶水分泌量一般，但是，老公、婆婆都没说什么，只是跟我一起查资料，炖汤给我喝。我想心情好才会产出优质的母乳，所以，尽力保持良好的心情。

就这样，能用的方法几乎都用上了，就是为了想多给悠宝吃一些母乳。虽然没能实现全母乳喂养，悠宝还是顺利地长了不少肉，我也算得上是一个合格的"奶牛"妈妈啦!

工作总结

职　　位：	"奶　牛"
任职期限：	1年零4个月　16个月
任职表现：	任劳任怨，努力追奶
任职事迹：	历经奶块淤积、乳腺炎等剧痛，仍积极活跃在工作第一线
任职奖励：	白胖娃娃一个

母乳妈妈饮食注意事项

1. 产后饮食宜清淡，不要吃那些刺激性的食物，包括辛辣的调味料，如茴香、生蒜、辣椒等，也不要过量饮酒、喝咖啡。

2. 注意不要食用抑制乳汁分泌以致回奶的食物，如麦片、桂皮、熟麦芽、菊花茶、薄荷、梅子、竹笋、苦瓜、花椒、鸽子汤、韭菜、人参等。

3. 患有湿疹的宝宝在母乳喂养期间，妈妈最好不要吃辛辣刺激物以及鱼、虾等食物，以免加重宝宝的湿疹，特别是父母有过敏史的宝宝。

4. 喂母乳期间，妈妈如经常食用一些易产气的食物，如大蒜、洋葱、西兰花等蔬菜，宝宝可能会出现肠绞痛样反应，主要表现为哭闹并难以安慰或更频繁地吃奶。所以妈妈应尽量少食用。

5. 哺乳期间，妈妈尽量不要食用腌制的鱼、肉一类食物，注意控制摄入的盐量。也少食用各种加工类食品。妈妈摄入食盐过多，会加重肾脏的负担，对肾不利，也会使血压增高。

6. 对哺乳妈妈来说，大部分药物在正常剂量下都不会让宝宝受到影响，但仍建议在自行服药前，听取医生建议，以便服用适合的药物。

7. 有些人认为食用味精对婴儿发育有严重影响，特别是对12周以下的婴儿，有可能造成智力减退、生长发育迟缓等不良后果，母乳妈妈最好不要贪食含味精较多的重口味食物。

8. 哺乳期尽量少喝茶水，因为茶叶中含有的茶多酚，会通过乳汁进入婴儿体内，容易使婴儿发生肠痉挛和无故啼哭或兴奋，导致婴儿睡眠不佳，影响婴儿健康。

母乳妈妈追奶注意事项

1. 让宝宝多多吮吸。宝宝的吮吸可以刺激哺乳妈妈体内的催乳素和催产素成倍增长。而这两种激素可以促进乳腺发育生长和分泌乳汁。

2. 补充营养，多喝各种汤水。除了营养充足之外，哺乳妈妈每天需要摄取2700～3200ml的水分，像猪蹄黄豆汤、鲶鱼汤、鲫鱼通草汤、老母鸡汤、小排冬瓜汤、木瓜牛奶、酒酿鸡蛋等都可以多多尝试。

3. 尝试胸部按摩。乳房保健按摩对那些奶水少的妈妈也是比较有效的，可以根据资料自己学习按摩方法，也可以找专业催乳师或妇幼保健院的相关医师协助按摩。

4. 乳汁较少的妈妈还可以根据自身情况尝试中药催乳。有些妈妈因为体质原因造成乳汁分泌不多，但又很想母乳喂养，可以去中医院请医生根据自身情况开一些中药方尝试服用。

5. 树立坚定的信心。母乳喂养道路上可能会遭遇一些质疑，但是只要是身体状况正常的妈妈都可以为宝宝提供母乳。一定要树立信心，相信自己可以给宝宝提供最棒的口粮！

6. 尽量保持良好的情绪和充分的休息。妈妈在哺乳期应尽量保持稳定愉快的情绪和精神状态，因为情绪变化会直接影响妈妈的内分泌系统，从而影响奶水的产生。同时，家人们给予的关心和理解也非常重要。

乳房奶块和乳腺炎

悠宝出生 1 个月零 27 天

自从升级为妈妈之后，我的人生除了多了很多感动和温馨之外，也难免迎来一些黑暗时刻。

生完宝宝后，在这所有困扰中，奶块和乳腺炎应该是稳居前三。

剖宫产之后，第一次胀奶，乳房胀得像两块石头，月嫂帮我使劲地揉，又用热毛巾来帮我敷。

从医院回家之后，也遭遇了好几次奶块淤积，每次都是苦不堪言。

乳头也破了，每次宝宝吃奶都是钻心的疼。

在这期间，我根据朋友的建议和自己搜集的资料尝试了各种办法来跟奶块做斗争。

用土豆片、卷心菜敷胸部

喝鹿角粉、通草汤

让宝宝多多吮吸

蒲公英 + 金银花 = 泡水喝

不积草籽煎服：

不积草又名开乳草、开窍草。方子是朋友推荐，有一定功效。
民间说法是：不积草籽，不积火，不积奶，不积粪。
可辅助治疗急性乳腺炎。两碗分2次服。每日煎制，连服3天。

发面外敷法：

取小麦面粉500g，加酵母3g，用22℃~24℃水250ml搅匀，揉成团，30分钟后将面团分成两块，分别做成20~30cm的空心圆形。空心部分正好是乳晕大小，敷在乳房表面，再盖上保鲜膜，露出乳头和乳晕，2小时后取下，洗净乳房。

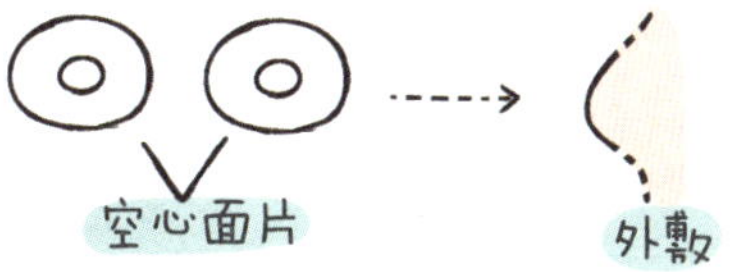

用发面外敷确实有些功效，只是清洗乳房时稍有点儿麻烦。

《本草纲目》记载：
面粉味甘，湿，可治乳痛不消。

木梳梳理法：

具体方法：可平躺着，然后用木梳由乳房四周向乳头的方向梳，尤其是硬块的部分。

婆婆或妈妈帮着梳，简直是受刑。
经过的都知道会有多痛！

家里就我一个人，为了宝宝，只好拿梳子自虐！

难忘的人生经历

尽管这样，跟乳房奶块各种战斗不止，到后来我还是没有逃脱乳腺炎的魔咒。悠宝56天的时候，我因为乳腺炎发烧了。

我去妇幼保健院看诊，医生讲的后果有点儿可怕，只好赶快先停止哺乳，乖乖输液治疗。

医生给我开了3天的青霉素（不过敏的前提下），在医院输液的这几天母乳只好先挤出来倒掉了。

除了输液，医生又安排我在医院做通乳按摩。

经过这好一番折腾，乳腺炎终于治愈了。慢慢地，随着喂奶时间的积累以及喂奶经验的丰富，奶块淤积和乳腺炎也就没有再复发。

跟我一样，几乎每个哺乳的妈妈都会遇到各种各样的状况，但是为了让宝宝吃更多更久的母乳，大家都是想尽办法坚持下去，而不会轻易断奶。“坚持母乳喂养”这6个字可不是读起来那么简单，里面包含了妈妈们太多的付出。

乳腺炎的应对方法

1. 急性乳腺炎治疗一定要尽早，不要拖延。早期乳腺炎以淤奶炎症为主，可以尝试发面外敷、按摩、超短波理疗等积极措施促使乳汁排出，减轻淤积。

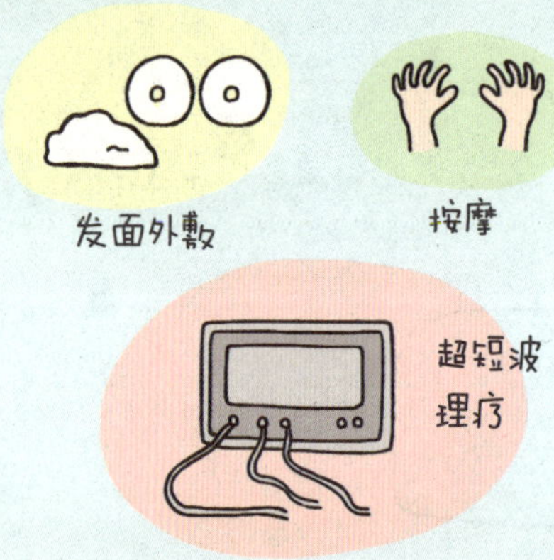

2. 同时可以配合中医进行治疗。采用清热解毒、疏肝通乳的中药再配合手法排乳按摩。服药期间可以继续哺乳或只用健康一侧乳房哺乳。

3. 如果妈妈出现高热，可以配合输液，给予青霉素、头孢类抗生素进行治疗。在使用抗生素期间，建议暂停哺乳。

4. 急性乳腺炎到了脓肿形成阶段，需要及时切开引流。切口的大小和位置以保证出脓通畅为准。乳房深部的脓肿，以高热、寒战为主症，局部红肿不明显，更无波动感，可先做穿刺抽脓试验，证实有脓后再行切开。

预防哺乳期急性乳腺炎

1. 注意保持乳房清洁。可以用纱布或棉球蘸温水进行清洁后再哺乳，哺乳结束后用温清水将乳房和乳头擦拭干净。切忌用香皂和酒精等化学用品来擦洗乳头，这样易使乳头局部防御能力下降，造成乳头干裂，导致细菌感染。

2. 哺乳时应注意不要让宝宝含着乳头睡觉。婴儿的唾液中含有消化酶，会使乳汁形成乳酪样物体，堵塞乳管口，造成排乳不畅乃至淤积。

3. 妈妈如果有乳头内陷，可经常挤捏、提拉进行矫正；当乳头有破损或皲裂时需要及时治疗，不可拖延。

4. 排空乳房，不要积奶。每次哺乳时尽量让宝宝把乳汁吸空，如果乳房内仍有乳汁淤积，可以用吸奶器把乳汁吸尽。

5. 妈妈应做好对乳房的保护，注意防止乳房遭遇挤压、撞击，否则也易引起乳腺炎。

6. 产后不应着急吃大量下奶的食物汤汁。有些新妈妈刚开始乳腺管尚未通畅，而新生儿的吮吸能力弱，如果妈妈大量分泌乳汁，容易造成奶块淤积。所以，新妈妈产后进食下奶的汤品应从少量开始。

关于便便那些事

悠宝出生 1 个月 30 天

白色奶瓣

自从有了宝宝，就开始了跟屎尿密切打交道的日子，每天检查宝宝的便便那是必需的事。

这天，帮悠宝换纸尿裤时，发现他拉的黄色便便中有很多白色的小瓣状物。自从悠宝出生以来，我第一次看到这种情况，心情立马紧张起来。

我很快通过网络育儿论坛和参考书弄明白了这件事，原来悠宝便便中的这些白色小点点是他没有消化完全的奶瓣。

关于奶瓣

这是奶粉中的蛋白质，宝宝没有完全消化，可在冲奶粉时适当多加一点儿水。

如果宝宝的便便是黄色的，宝宝的精神好，睡眠好，体重增长正常，可以不必担心，再观察一下。

同时观察是不是由奶粉引起的，如果和奶粉有关可考虑换一种奶粉。

建议母乳妈妈饮食不要过于油腻，蛋白质不要摄入太多，妈妈均衡营养，更有助宝宝的肠道消化。

油腻

您宝是混合喂养，吃母乳和配方奶，所以我两方面都注意了一下，还好奶瓣现象只是偶尔出现。

屎尿达人

作为一名小婴儿，悠宝每天都很勤奋地制造便便，我们在这种日日“熏陶”中，慢慢被动地变身为“屎尿达人”。

每一泡便便我都要仔细过目，认真观察，看是否存在异样。

就这样，在跟便便长期打交道的过程中，我们也了解到了形形色色关于便便的知识。

新生儿胎便

刚生下来的宝宝，即使没吃一点儿东西，出生后6~12小时也会拉出胎便。胎便通常没有臭味，状态黏稠，颜色近墨绿色。早产儿排胎便的时间有时会有所推迟。

墨绿色

过渡期大便

排净胎便、向正常大便过渡时的大便呈黄绿色。多数新生儿在吃奶2~3天后大便会呈现这一状态。

正常 不用担心

黄绿色

宝宝便便一览表

		次数	气味	颜色	形状
0~4个月	母乳喂养	新生儿比较多，每天6~7次，甚至10次也有可能。月龄增加以后，一天3~5次。	无臭味，可能有酸甜味。	金黄色、黄色、棕色。	新生儿的大便都比较稀，呈糊状或水样，可能有黏液或奶瓣。2~3个月以后，宝宝的大便会慢慢变软、变厚，但不会干、硬。
	混合喂养	介于母乳喂养和人工喂养之间，每天4~6次不等。	无明显臭味。	黄色，淡黄色，棕色。	大便呈糊状，有可能有白色奶瓣。2~3个月以后，宝宝的大便会渐渐变软、变厚。
	人工喂养	新生儿一天2~3次基本上1~3天1次都是正常的。	无明显臭味。	淡黄色，如果吃的奶粉含铁量高，可能呈绿色。	大便比母乳喂养的宝宝干燥，质地较硬，基本成形，为条状。但相对成人来说还是比较软的。
5个月添加辅食后	母乳喂养	明显减少，1~2天1次，3天以内1次都正常。	添加碳水化合物后会有发酵的臭味，7~8个月添加荤腥后会变得更臭。	颜色受到辅食的影响。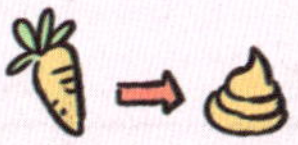	慢慢过渡成形。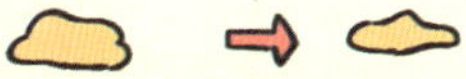
	混合喂养	次数减少，1~2天1次。3天以内1次都正常。	添加碳水化合物后会有发酵的臭味，7~8个月添加荤腥后会变得更臭。	颜色受到辅食的影响。	慢慢过渡成形。
	人工喂养	1~2天1次，3天以内1次都正常。	添加碳水化合物后会有发酵的臭味，7~8个月添加荤腥后会变得更臭。	颜色受到辅食的影响。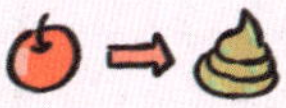	已成形。

宝宝问题便便的判断

便便性状	症状判断	应对方法
新生儿灰白便	宝宝从出生拉的就是灰白色或陶土色大便，一直没有黄色大便，小便呈黄色。	赶紧通知医生，很有可能是先天性胆道梗阻所致。延误诊断和治疗会导致永久性肝脏损伤。
蛋花汤样大便	每天大便5～10次。一般无黏液。	要及时带着宝宝去就医。并适当减少喂奶次数，减轻胃肠道负担。当宝宝逐步恢复饮食后，可喂米汤或稀释的牛奶。
豆腐渣便	大便稀，呈黄绿色且带有黏液，有时呈豆腐渣样。	这可能是霉菌性肠炎所致，患有霉菌性肠炎的宝宝同时还会患有鹅口疮，如果孩子有上述症状，需到医院就诊。
绿色稀便	粪便量少，次数多，呈绿色黏液状。	这种情况往往是因为营养不足引起的，这种大便也称“饥饿性大便”，这说明宝宝没吃饱，这时只要给足营养，大便就可以转为正常。
泡沫状便	大便稀，大便中有大量泡沫，带有明显酸味。	适当调整饮食结构就能恢复正常。未添加辅食前的宝宝出现黄色泡沫便，表明奶中糖量多了，应适当减少糖量，增加奶量。已经开始添加辅食的宝宝出现棕色泡沫便，则是食物中淀粉类过多所致，如米糊、乳儿糕等。
臭鸡蛋便	大便闻起来像臭鸡蛋一样。	这是提示宝宝蛋白质摄入过量或蛋白质消化不良。应注意配奶浓度是否过高，进食是否过量，可适当稀释奶液或限制奶量1～2天。如果已经给孩子添加蛋黄、鱼肉等辅食，可以考虑暂时停止添加此类辅食，等宝宝大便正常后再逐步添加。
羊便	宝宝大便干燥呈颗粒状。	一般来说，人工喂养的婴儿比母乳喂养的婴儿更容易发生便秘。孩子是否便秘不以几天拉一次或者一天拉几次来断定，最重要的观察指标就是宝宝的大便是否硬结。如果是便秘，可给宝宝多喂点儿白开水、果汁或米汤，大的宝宝可以吃一些菜泥、果泥。
油性大便	粪便呈淡黄色，液状，量多，像油一样发亮，在尿布上或便盆中如油珠一样可以滑动。	这表示食物中脂肪过多，多见于人工喂养的宝宝，需要适当增加糖分或暂时改吃低脂奶等（但要注意，低脂奶不能作为正常饮食长期吃）。
血便	血便的表现形式多种多样，通常大便呈红色或黑褐色，或者夹带有血丝、血块、血黏膜等。	首先应该看看是否给宝宝服用过铁剂或含铁多的食物，如动物肝、血所引起的假性便血。如果大便变稀，含较多黏液或混有血液，且排便时宝宝哭闹不安，应该考虑是不是因为细菌性痢疾或其他病原菌而引起的感染性腹泻，需及时到医院就诊。

小手套戴不戴

悠宝出生 2 个月零 3 天

悠宝出生后，朋友们送了很多礼物给悠宝。其中，有两双小手套非常可爱。这几天，我们发现他有时会不小心抓到自己的小脸，就把手套给他戴上了。

这样，确实可以避免他的小手再次抓伤自己，而且他戴上手套的样子也非常萌。这天，好友宁宁来家里看望我和悠宝。

赶紧去翻阅资料，果然是这样。

不要给婴儿戴上小手套

1. 婴儿通过吃手，进而学会抓握玩具、吃玩具，这种探索是心理、行为能力发展的初级阶段，是一种认识过程，也是一种自我满足行为，为日后手眼协调打下基础。如果给宝宝戴上手套，可能会妨碍口腔认知和手的动作能力的发展。

2. 有的手套里可能会存在线头等不安全因素，如果线头缠绕住宝宝的小手，严重时甚至会造成手指坏疽，需要进行切除。已有类似案例发生，妈妈们要引以为戒。

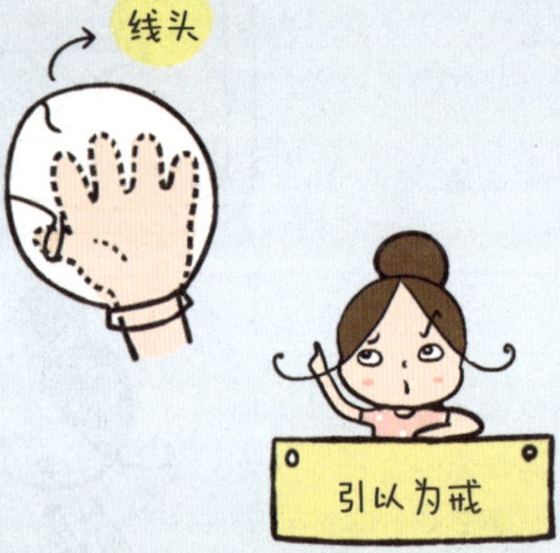

3. 也有的妈妈为了防止宝宝抓脸，又不想给宝宝戴手套，就在旁边密切监视，看到宝宝的手去抓脸或者放到嘴巴里，就立刻去阻止，这种做法既费事，也不利于宝宝的心理发育。

4. 最好的方法是每天给宝宝洗净小手，勤剪指甲，鼓励宝宝自己去探索和玩耍。

悠宝也有枕秃

悠宝出生 2 个月零 23 天

悠宝满月的时候，剃了个“花头”，因为头发暂时没长出来，所以呈“斑秃”状态。慢慢地，他长到了两个多月大，我发现除了被错误理发方式造成的“斑秃”之外，他竟然还有枕秃！

对悠宝来说，这应该也是他史上颜值最低的时期。

这个时期悠宝的发型，有时会让我想起我几年前养过的一只狗。刚来家里的小狗毛茸茸的特别可爱，后来不知怎么得了狗螨，为了涂药方便，我们把它的头也剪得长短不一，加上当时它皮肤上有红块，真是惨不忍睹。

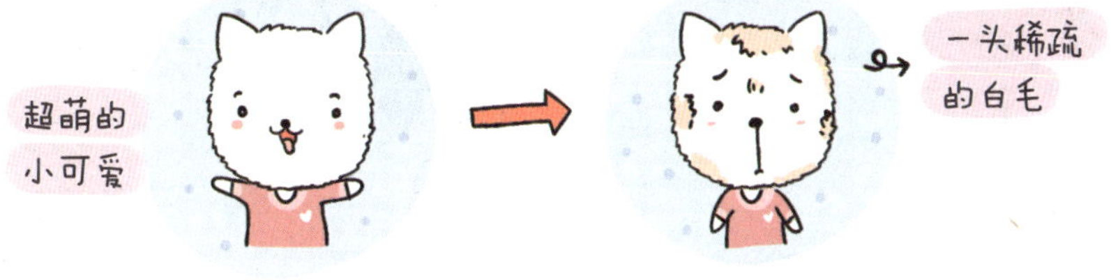

带悠宝出门晒太阳，偶然结识的宝妈也注意到了他的小脑袋。

听说枕秃可能跟缺钙有关，我开始担心悠宝体内是不是缺钙，两三个月的婴儿可以补什么钙呢？我赶紧给宝宝比我们悠宝大一岁的晴妹打了个电话。

我也听说婴儿补钙要谨慎，于是又查阅了许多资料，包括微博上著名儿科专家的说法。

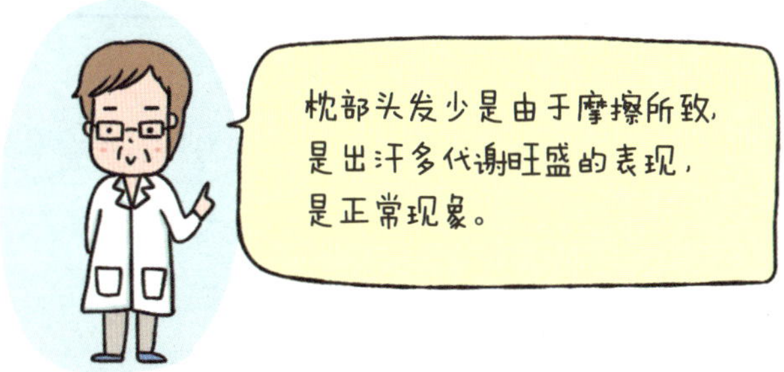

悠宝出生15天之后一直在补充维生素D，我们也经常带他出去晒太阳，目前夜里的睡眠状况良好，也没有其他异常。我看他没有明显的缺钙症状，决定还是不要盲目为他补钙为好。

悠宝这种“双秃”现象在半岁之后开始明显好转，那几块秃的头皮渐渐地萌出了茸茸的小毛毛，枕秃的地方发量也渐渐增多，我心里的两块石头终于落了地。

宝宝枕秃了怎么办

什么叫枕秃

婴儿的枕部，也就是脑袋跟枕头接触的地方，出现一圈头发稀少或没有头发的现象，医学上称为枕秃。

枕秃的原因

1. 宝宝大部分时间都是躺在床上，脑袋跟枕头或床面接触的地方容易发热出汗使头部皮肤发痒，宝宝通常会通过左右摇晃头来对付不适。经常摩擦后，枕部头发就会被磨掉而发生枕秃。
2. 宝宝两个月后，对外界的声音、图像开始产生兴趣，特别是妈妈的声音和外表更容易吸引宝宝的注意。由于宝宝只能平躺，通过转头视线才能跟随妈妈，这样经常左右转头，枕部的头发受到反复摩擦，也会出现局部脱发。
3. 宝宝的头皮很娇嫩，如果枕头或床面较硬，也会对枕部头发产生压迫，造成局部头发少。
4. 如果孩子有枕秃现象，同时伴有睡眠不好、容易惊醒、经常夜啼、出汗等症状，又没有按规则补充维生素D和适当晒太阳，这时才要考虑可能是缺钙。

宝宝枕秃了怎么办

1. 加强护理。给宝宝选择透气、高度适中、柔软适中的枕头，随时关注宝宝的枕部，发现有潮气，要及时更换枕头，以保证宝宝的头部干爽。

2. 调整室内温度。注意保持适当的室温，温度太高引起出汗，会让宝宝感到很不舒服，同时很容易引发感冒等其他疾病。

3. 如果真的有其他症状，怀疑是病理性枕秃，在体检时可以告诉医生孩子的吃奶量，让医生帮助算出钙剂用量，科学地进行补充。也可以为宝宝进行钙指标的相关检查，看是否缺钙。然后再遵照医嘱，通过晒太阳、补充维生素D等方式有的放矢地进行补钙。千万不要盲目补钙。

抑郁的心情

悠宝出生 3 个月零 1 天

生完悠宝之后，我发现我的头发特别容易脱落，每次洗头都会掉好多。

已经饱受折磨的新妈妈，没法再承担更多的打击了！

从前的苗条少女，变成每天喝汤催奶的胖妈咪！

曾经的一夜酣梦变成一夜N醒！

不知不觉间离开了原来的朋友圈和各种娱乐消遣，成为宝宝的贴身护卫。

没想到，连原本融洽的婆媳关系也因为育儿理念的差异有时会面临前所未有的考验！

人生发生了巨变，从自由梦想浪漫美女变身伺候宝宝吃喝拉撒的全能奶妈！

当然，这只是一段历程而已。每个女人刚刚步入人母生涯都会经历这些不适应和磨炼，直到成为熟练工。

所以，妈妈们，充好电，一起加油吧！有一天，你会突然发现，自己的人生系统已经整个升级了，因为这个孩子，你会变得更加强大、温柔、好学、谦逊、自省……也许，这就是生宝宝的理由吧！

关于产后抑郁

产后抑郁症是女性精神障碍中最为常见的类型，是女性生产之后，由于性激素、社会角色及心理变化所带来的身体、情绪、心理等一系列变化。产后抑郁症的发病率在15%～30%。

新妈妈产后抑郁怎么办

根据数据显示的比率，产后抑郁是一种较常见的现象。它不仅仅是因为女性角色的突然转变而造成心理上一系列的影响和变化，也受到性激素变化等其他因素的影响。对于新妈妈来说，确实面临着各种挑战，突然间变身为婴儿的妈妈，可能会面临着身体变胖、生活规律和重心完全改变、夜晚难以安心入睡、婆媳间因为育儿产生矛盾等问题。所有这些，都有可能导致妈妈的心情抑郁。但是，所有的忙乱都是暂时的，这是最累的时光，也是宝宝最需要妈妈的时光，咬紧牙关挺过去，就会发现，宝宝会越来越懂事可爱，一切都会越来越好。

1. 新爸爸和家人给予的关心和爱非常重要。新爸爸要增加对妈妈的关心，要尽量多腾出精力来协助妈妈照顾宝宝，以减轻妈妈的负担，也可以增进父子感情。

2. 新妈妈可以选择一些能够放松自己的活动，比如散步、瑜伽、冥想、听音乐。想办法给自己安排适当的放松时间。

3. 有难过或者不顺心的事情多跟家人或好友交流，而不要默默埋在心里，适当地宣泄情绪非常有必要。

4. 可以适当安排时间让自己从妈妈的角色中暂时转换一下，去跟闺蜜聚会聊聊天儿，跟父母谈谈心，跟老公出去看场电影散散步，缓解一下压力和紧张感。

5. 可以看一些教人保持积极情绪的书籍，在心情低落的时候学会用正确的方法来调节自己，不要一直沉溺在自怨自艾的泥淖里。

又跌落啦

悠宝出生3个月零19天

悠宝出生后的第III天，他的第一次独立翻身成功，从一个只能默默趴躺的小生物进化到可以开始移动位置。

翻身动作能使婴儿随意变换自己的体位，是非常有意义的初步运动。婴儿会翻身，标志着运动技能的进一步发展，同时也可以扩大孩子的视野和接触范围，促进智力的发展。

只是悠宝的移动生涯还没有进行多久，就开始频频发生“自虐性”跌落事件！

原来悠宝睡醒后翻身，翻到床下了……

婴儿床是有护栏的，但是我经常会在大床上躺着喂悠宝，有时他睡着了把他放小床上，需要越过护栏有些不方便，他也容易醒。所以我常常会把他放在大床上睡。新爸妈，总是一不小心就忽略了婴儿的移动能力。所以后来悠宝又跌落了几次，姿势各异，据想象和目击大致如下：

从床上翻落……

从床头仰落……

从沙发跌落……

比较严重的一次，我跑过去时发现他因为摔得太重受到了惊吓，哭不出声了，有些微微颤抖，两只小胳膊在不停地摇动。

练成新技能之后
屡屡挨摔的悠宝
始知人生之艰辛

我为了防止他摔下来，特意在床边垒满了枕头和靠枕。

结果，没想到他翻身时翻到了枕头上，又从枕头上摔了下来，摔得更厉害了！

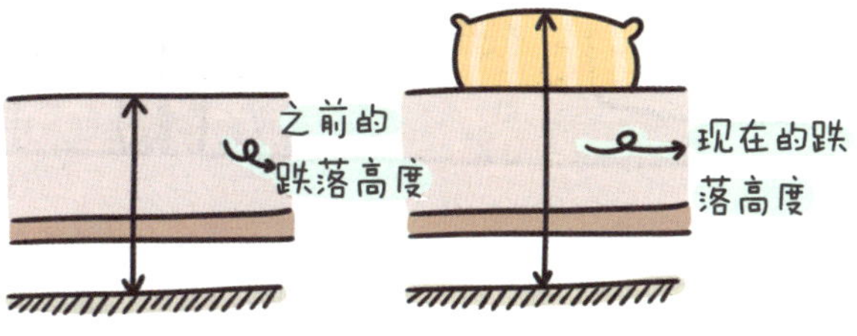

若干年后，悠宝长大如果再看到这段经历……

这样摔落了几次后，我和鹿仔赶紧想办法、查资料。鹿仔在网上买了一个专门夹在床边的护栏，又在床边地面铺了一张厚厚的大地毯。

有了这两个大护法，悠宝惨痛的跌落生涯总算是画上句号了。

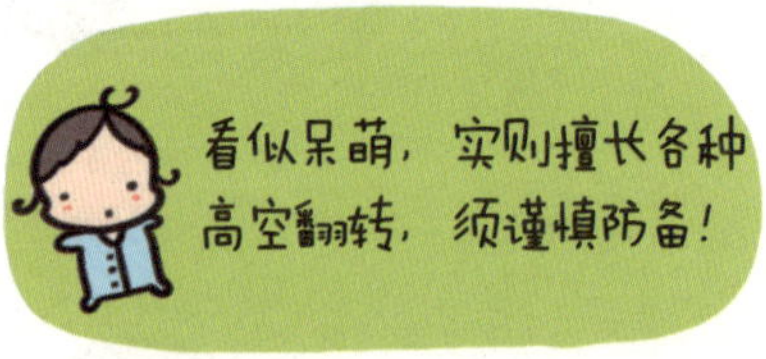

宝宝跌落的观察和护理

1. 宝宝跌落后，妈妈去抱时要注意动作不要太慌张和用力过猛，尽量轻柔一些，以免造成不必要的伤害。

2. 一般而言，宝宝从床上摔下，高度最多五六十厘米，一般不会受到太严重的损伤。尤其一岁以内的婴儿，前囟门尚未完全闭合，颅内有缓冲，引起脑出血等情况的概率会非常低，妈妈不要过于紧张。可先对宝宝进行细致的全身检查，尤其是头部。

3. 宝宝摔到头部后，没有出血，有小肿包时，应立即用冷敷处理。如果肿包较大或较红，可先应急抹点儿香油，或用湿润的土豆片贴上，有止痛化瘀的作用。

4. 摔落后不要让宝宝马上入睡，最好是抱着逗逗他，趁机观察他的反应。如果宝宝很快睡着了，也要在一小时后叫醒他，再观察他的表现，看看是不是有想要呕吐或者嗜睡和神志模糊的情形。

宝宝摔到头部时，以下几种情况应立即去医院

头部有出血性外伤。

宝宝摔后没有哭，出现意识不够清醒、半昏迷嗜睡的情况。

在摔后两日内，出现反复性呕吐、睡眠多、精神差或剧烈哭闹的情况。

摔后两日内，出现鼻部或耳内流血、流水、瞳孔不一等情况。

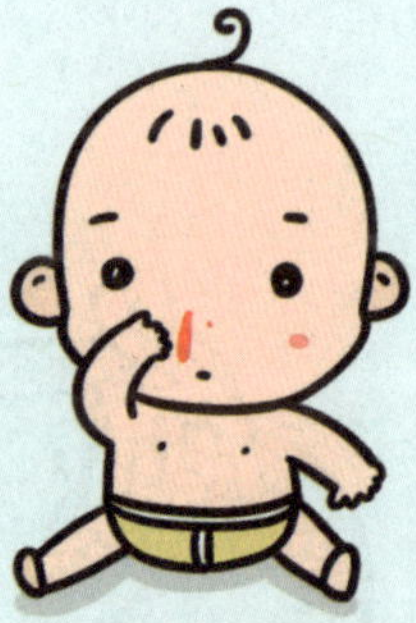

一般如果摔到头部后引起重度脑震荡或颅内出血，会很快发作，最晚也在24小时内就会发作，所以有症状要尽快去医院。

开始添加辅食啦

悠宝出生 5 个月零 1 天

悠宝是混合喂养，我查阅了一些资料，上面建议 4～6 个月可以考虑添加辅食。在他满 5 个月之后，我开始筹备辅食的事。如果是全母乳喂养且母乳充足的宝宝，可以 6 个月之后再添加辅食。

对我来说，作为新妈妈，面临的挑战显然又升级了。

因为缺乏实战经验，我只好先从查资料、看书学习开始。

工欲善其事，必先利其器。我打算依照书上的建议，先把主要的辅助工具准备好。

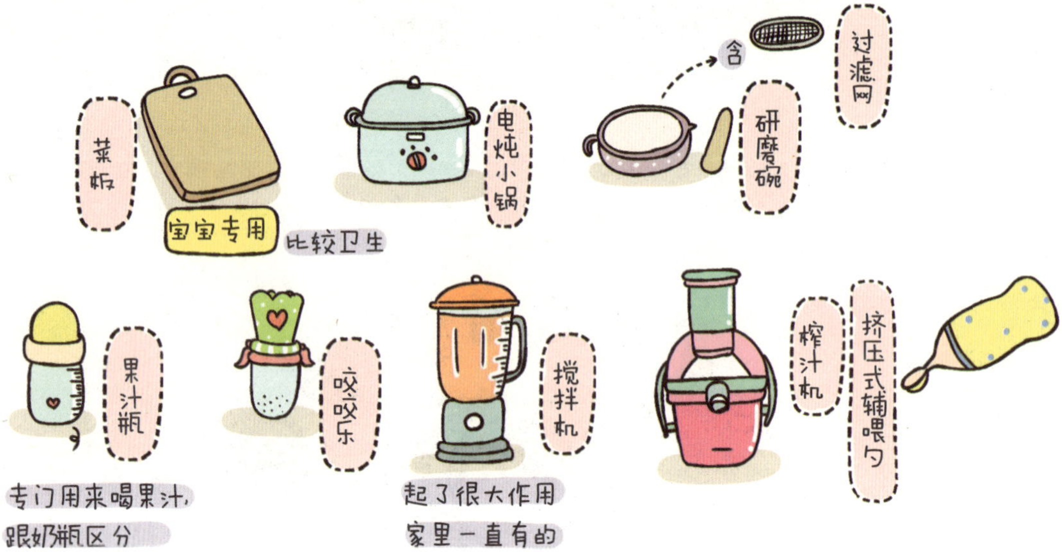

在辅食添加顺序上，育儿专家建议按“淀粉（食物）→蔬菜→水果→动物”的顺序来添加，一般宝宝都是先从米粉开始。于是，下一步，选择米粉。大致的辅食计划为：米粉→大米汁→蔬菜汁→果汁→菜泥果泥→蛋→肉。

5个月零3天，在妈妈的精心准备下，悠宝吃到了人生中第一口奶以外的食物。

第一次吃到米粉的悠宝，表情有些好奇，微微皱了皱眉头，应该是在品味。这是初次吃，我给他冲得比较稀，也不敢多喂，只喂了两勺。

这次添加米粉之后，接下来的任务是观察宝宝的反应，看有无过敏等不良反应，没有的话，几天之后就可以添加新的辅食品种了。

所幸，悠宝对米粉很适应。吃了几天之后我又慢慢开始给他添加大米汁、苹果汁、胡萝卜泥、香蕉……悠宝的辅食生涯正式开启！

悠宝吃的辅食，以自己做的新鲜食物为主，我也会在网上选购一些现成的果蔬泥或者果汁，喂养起来更方便一些。不过只要有足够的精力，我还是尽量做新鲜的食物给他吃。

和很多妈妈一样，我一直有给宝宝做成长记录的习惯。悠宝开始吃辅食之后，又增加了辅食记录一项，把每日添加果泥的品种、数量、时间都做了记录。

12月26日	Baby=189 days
6:35	母乳30分钟
8:00	1/8个蛋黄，果汁90ml
10:00	母乳30分钟
12:20	米汤30ml，果泥20g
14:30	母乳，配方奶60ml
16:30	蛋黄1/8个，米粉少量
18:30	母乳，配方奶60ml
20:20	米粉少量，香蕉两小块
22:00	母乳30分钟

这样，可以很好地了解宝宝辅食添加的具体情况。妈妈们还可以买几本辅食制作的书作为参考，也可以根据月龄为宝宝制订每周的辅食食谱。

本周食谱（小范例）

时间	上午	下午
周一		
周二		
周三		

宝宝辅食添加注意事项

辅食添加时间

辅食添加时间应为婴儿满4~6个月，最早应该从满4个月（第5个月）开始。即使母乳非常充足，满6个月也要开始添加辅食。世界卫生组织建议婴儿应在6个月后再添加辅食，因为婴儿的胃肠道发育还不成熟，过早添加辅食易引起胃肠道过敏反应。满4~6个月期间可视为辅食尝试阶段，此间孩子出现或怀疑任何辅食不耐受问题都应立即暂停。

辅食添加不宜过早，否则易造成过敏、排便异常等现象。也不宜过晚，以防营养不足。

辅食添加原则

1. 从少量到多量。比如喂米粉，第一天可以先喂一勺，第二天，再增加一到两勺，循序渐进地增加，让宝宝的胃肠道功能有个逐步适应的过程。

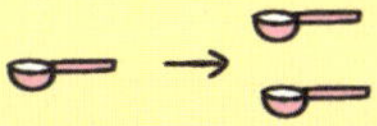

2. 由一种到多种。在1~2天之内给婴儿添加的食物种类不宜超过两种以上，使孩子对不同种类、不同味道的食物有一个逐渐接受的过程，也方便观察哪种食物会引起过敏或不适。建议将含铁锌米粉作为首选的辅食。

3. 由稀到稠。以添加大米为例，应是从米汤到稀米粥，到稠米粥，再到软饭，最后到成人吃的米饭这样一个渐进过程。

4. 颗粒由细到粗。以蔬菜为例，应从添加菜汁开始，然后是细腻看不出颗粒的菜泥，再到碎菜，块状菜，成人吃的蔬菜。

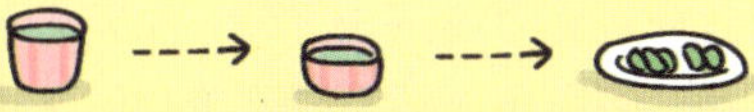

5. 味道无盐不甜忌油腻。很多食物中已经含有钠，婴儿不需额外补充。盐摄入过早、过多都会诱发孩子到了成人期出现高血压等疾病。甜食摄入过多会因增加胃肠道的饱胀感，从而降低孩子的食欲，这也是导致孩子出现儿童期肥胖症的诱因。

6. 不宜长时间吃流质食物。这会使宝宝错过发展咀嚼能力的关键期，导致宝宝在咀嚼食物方面有障碍。要适时让宝宝学会咀嚼。

辅食添加时间表

月龄	可食用品种	软硬程度	进食材料
6~7 个月	含铁锌米粉、大米汁、稀米粥、菜泥、果泥、蛋黄。	稠糊状	小勺喂食
7~8 个月	菜粥、烂面条、蛋黄、菜末、肝泥、肉末、豆腐、面包片、肉松、果泥、鱼泥。	豆腐软度	小勺喂食 宝宝手抓
9~11 个月	大米软饭、碎菜、鸡蛋、鱼泥、面疙瘩、小块肉类、豆制品、馒头、馄饨、水果。	香蕉软度	宝宝手抓 宝宝用勺
12~15 个月	米饭、炖炒菜、小肉块、虾仁、水果等。接近成人食物。	稍软	宝宝用勺、筷子

辅食添加注意事项

1. 含铁锌婴儿米粉是首选添加食物。主要是婴儿米粉不易过敏，易于宝宝肠胃消化，并且营养配比相对均衡，有碳水化合物、蛋白质、脂肪和维生素、微量元素等营养物质，对宝宝健康非常有利。

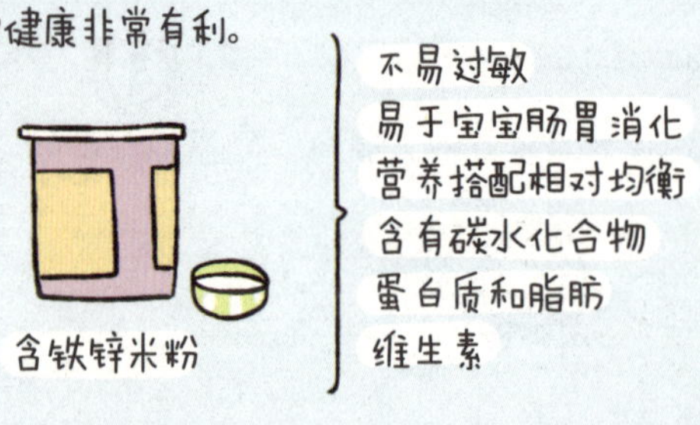

2. 添加后一定要观察宝宝的情况。如果出现呕吐、腹泻、出疹子、拒食等情况，可以稍停1~2周再添加。如果是轻微腹泻，大便中无黏液、血丝等，可以给宝宝服妈咪爱和思密达来止泻。

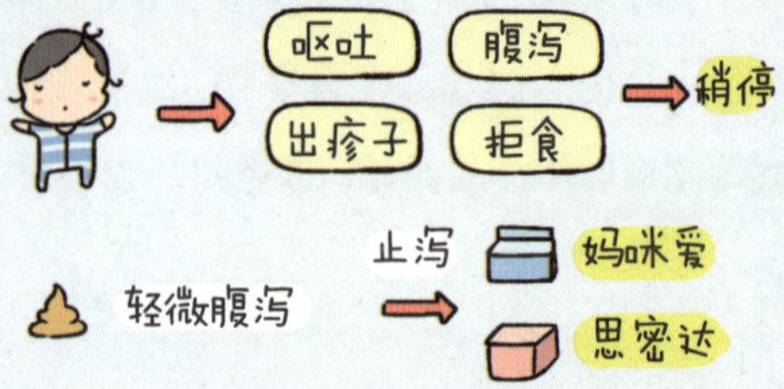

3. 蛋清在11个月以上吃较安全。6个月内的婴儿的消化道黏膜发育尚不完全，而蛋清中的蛋白质分子较小，容易透过肠壁黏膜进入血液，引起过敏反应，如皮肤出现湿疹和荨麻疹等。

4. 1岁内宝宝一定不可食用蜂蜜。蜂蜜内含有激素，对婴幼儿生长没有益处。更重要的是，蜂蜜在酿造、运输与储存过程中，易受到肉毒杆菌的污染，对宝宝存在安全隐患。

5. 1岁内添加作料要慎重。1岁内宝宝最好不要食用以下作料：盐、醋、咖喱、味精、调味汁、市售固体高汤、清汤、料酒、胡椒粉、芥末、姜粉、花椒等。

6. 家长应注意只能给宝宝喂婴儿专用辅食，不能随意品尝大人食物，即便菜汤也不行。自家发酵的豆瓣酱、大酱、风干的肉类等也尽量不要给宝宝吃。这些都对宝宝存在过敏等风险。

7. 给患湿疹的宝宝添加辅食要特别注意。1岁内湿疹宝宝暂时不应添加牛奶及相关食品，以及蛋清、甲壳海鲜、大豆、花生等容易引发孩子过敏的食物。至少8个月后再尝试添加蛋黄，并观察反应。辅食不要太快地增加品种，有助于控制湿疹。

8. 即使孩子非常喜欢吃辅食，家长仍然不要忘记1岁之内，奶是主食。1岁之内的婴儿应在充足母乳或至少800ml配方奶的基础上，添加辅食。1～1.5岁也要每天保证至少600ml奶。

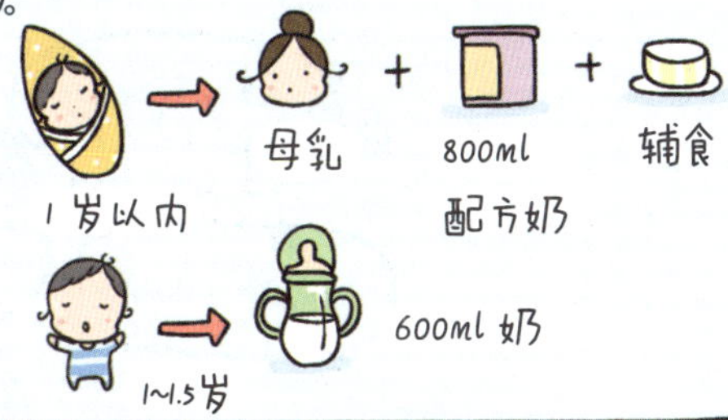

悠宝腹泻事件

悠宝出生5个月零11天

11月30日　　周三

宝贝5个月零9天，接种了HIB疫苗的第二针。接种后要求两天不洗澡。不知是因为添加新辅食还是什么原因，接种之后大便渐渐频繁。29日，2次。30日，3次。

12月1日　　周日

宝宝大便5次。大便中带黏液和不消化的白色小奶瓣。观察2天，准备纯母乳喂食，不加辅食。

摘自妈妈手记

悠宝前两天新增加了香蕉辅食，又接种了疫苗。不知什么原因突然开始闹肚子，每天都拉3~5次。

这是悠宝长这么大第一次生病，所幸看起来一切都还好，精神胃口似乎都没有受到什么影响。也不知是出于一种什么心理，我对给悠宝喂药这件事特别抗拒。

5个月婴儿的妈妈抗拒喂药和去医院

我从心理上好像早已经下了一个定义，感觉药物尤其是抗生素对宝宝就意味着伤害和副作用，而医院则是一个充满各种细菌的场所，也担心遭遇过度治疗反而让宝宝受到更多不必要的伤害。

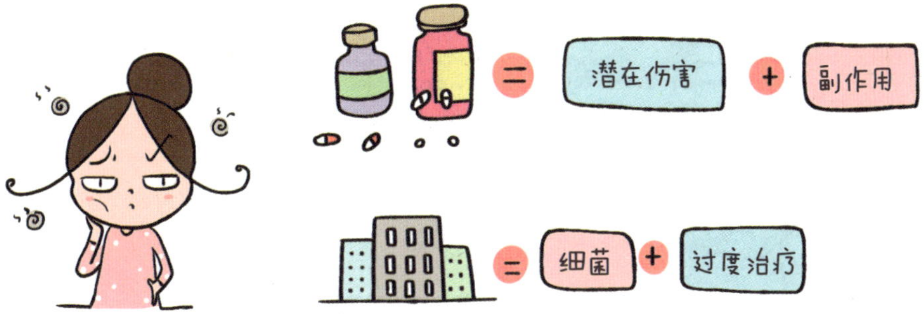

因为对药物有偏见，总觉得那么小的宝宝吃药副作用太多，所以暂时没有去买治疗宝宝腹泻的药，也没有去医院，而是在育儿论坛发了帖子陈述了悠宝的状况向儿科医生求助。果然收到了一份回复。

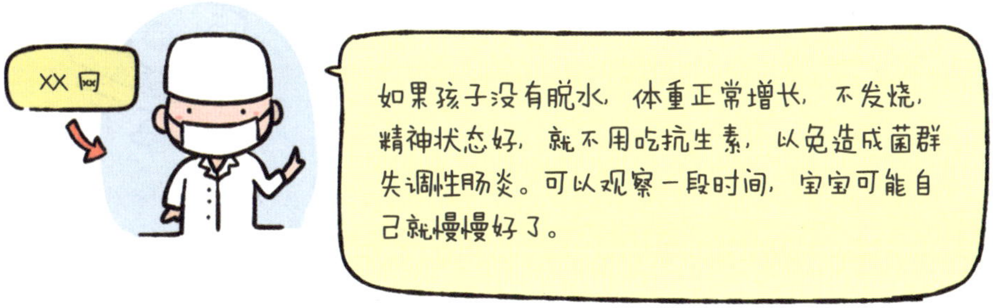

医生说的其实也没错，只是治疗宝宝腹泻的药除了抗生素之外其实还有益生菌等，我那时并不了解，婴儿护理知识太匮乏。

随后，我去网上搜了一些关于腹泻的资料，开始对悠宝进行腹泻时期的家庭护理。

这样又过了几天，悠宝的腹泻还是没有好转，前后已经有一周的时间了。

根据资料，去医院检查腹泻需要带上宝宝的便便做化验，但必须是一小时以内的新鲜便便。

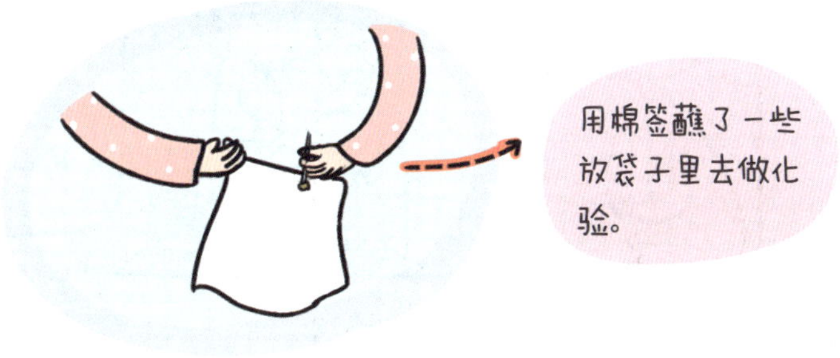

鹿仔不在家，我一个人打车去了医院，还好人不多，很快轮到了我。跟医生陈述了一下大概的情况，并取出了随身携带的便便。

原来,取大便化验也有学问,棉签和纸尿裤上的棉质部分会吸收大便中的黏液,影响检查结果。

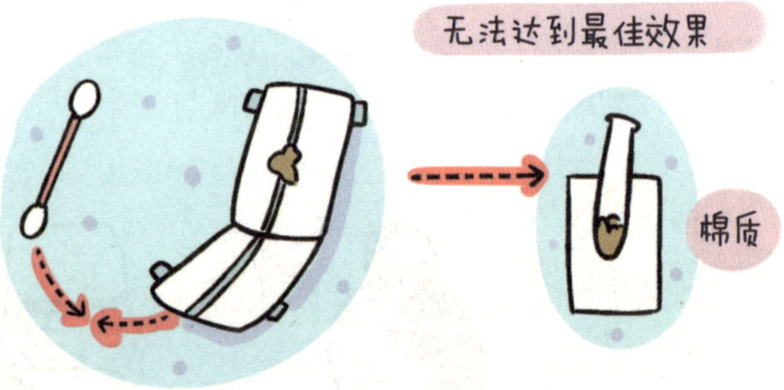

正确的方法是直接用保鲜袋蘸取部分便便,保证其中的黏液部分不受影响。

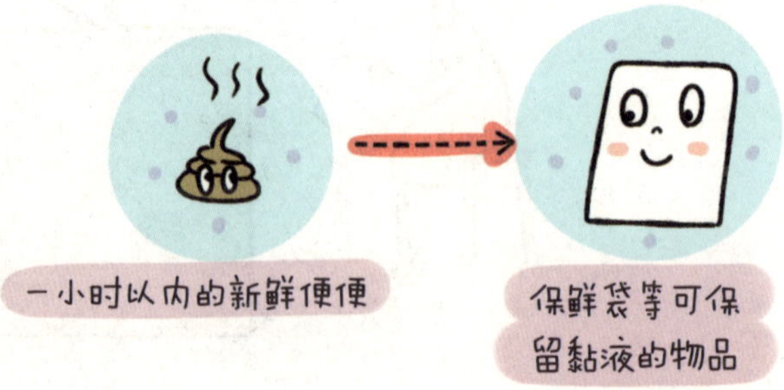

为了保证检查结果，我只好又回家准备等悠宝的下一坨便便新鲜出炉之后再带去检查。

还好，终于顺利地用正确的方法取到了一点儿便便。

到了诊室门口，发现医生不在里面，想着袋子里的便便还要保持新鲜状态，真是着急得不知怎么办才好。

好在接下来的一切都很顺利。医生来后迅速开好检查单，我拎着便便来到了化验室，没过多久检查结果出来了。所幸问题不大，也不用吃抗生素，医生给开了培菲康和思密达，交代了具体的服用方法。

12月10日	周六
6:10	醒
6:30～6:45	母乳
8:00	大便（量中、色暗、稠便）
8:15	思密达（1/3包）
8:47～9:27	母乳
9:40～10:00	晒太阳
10:35～10:45	培菲康（一包）

吃药的头3天，悠宝每天还是拉3~5次的便便，只不过便便的性状有了些变化，比以前质地厚一些，有好转的迹象。

摘自妈妈手记

奇迹发生在第4天，还是喂纯母乳和这两种药，宝宝居然一天都没有拉大便，腹泻算是彻底痊愈了！

12月11日	周日
记：一日未便便，感谢上天！	

困扰了宝宝十多天的腹泻终于好了，这是近期对我而言最幸福的事了。也是我做妈妈以来第一次遇到宝宝生病，因为缺乏经验而走了一些弯路。

当初担心去医院可能会导致宝宝吃抗生素或遭遇过度治疗，结果一直到第7天才去医院化验大便，在一定程度上延误了判断和治疗的时间。

其实，我应该不是个例，抱有跟我相似想法的年轻父母有很多，大多是觉得自己有把握掌控孩子的病情，初衷是好的，但一定要密切关注宝宝的状态，不要拖延太久，以免病情加重。

宝宝腹泻该怎么办

宝宝如果是轻微的腹泻，便便里没有黏液或血丝，问题应该不大，可以注意调整宝宝的饮食，然后加以观察。最好的办法是用正确的方法带上宝宝一小时内的便便去医院做化验，让医生协助判断。

不要给宝宝禁食。如果减少食量后婴儿不够吃，可以添加米汤、口服补液盐、益生菌等，以补充无机盐和维生素。已经加粥等辅助食物的婴儿，可将这些食物数量稍微减少。

保证喂水，谨防出现脱水现象。无呕吐状况，可口服米汤或补液盐。如果婴儿腹泻严重，同时伴有呕吐、发烧、口渴、口唇发干等状况，说明已经出现脱水现象，应尽快将其送到医院就诊。

不要滥用抗生素。许多轻型腹泻不用抗生素等消炎药物治疗就可以自愈，或者服用妈咪爱等微生态制剂、思密达等吸附水分的药物，它们也能很快让患儿病愈。尤其是秋季因病毒感染导致的，使用抗生素治疗不仅无效，反而有害；如果是细菌性痢疾或其他细菌性腹泻，可以使用抗生素，但必须在医生指导下使用。

做好宝宝腹泻的家庭护理。仔细观察大便的性状，以及一天内大便的次数和大便量，将大便异常部分留做标本用作化验。要注意宝宝腹部的保暖，以减少肠蠕动，可以给宝宝用毛巾包裹腹部或用热水袋敷一下腹部。

注意让宝宝多休息，排便后可以给宝宝用温水清洗臀部，防止发生红臀。

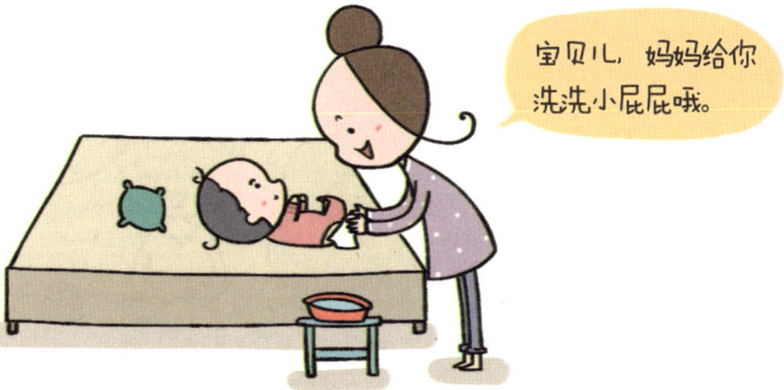

便便里的黑线

悠宝出生 5 个月零 21 天

今天，悠宝的辅食添加了半根香蕉和一点儿米粉。

下午，悠宝大便的时候，我发现他的便便里有很多黑色的小丝线，心里边咯噔一下，不禁有些慌乱起来。

去网上查了下资料，原来是吃香蕉造成的。一块石头终于落地了。

给悠宝读绘本

悠宝出生 6 个月零 9 天

还在怀孕的时候，我就听说过要多给宝宝读绘本，对宝宝很有益处，美国图书馆学会甚至提倡“从出生就阅读”。所以在悠宝两三个月大的时候，我也试图给他读绘本，可他看起来不太感兴趣。

他不是心不在焉地东摸西摸，就是张开嘴巴啃咬绘本，看起来对听故事这件事好像不太感兴趣。我在旁边读故事，总有一种“对牛弹琴”的感觉，慢慢也缺乏了动力。

就这样，真正给悠宝读绘本是在他半岁之后。等他自己可以稳稳坐着了，我买了些图卡、布书和绘本，跟他玩的时候也给他读一读。

比之前专注力要好许多，能看出来在听妈妈讲，虽然坚持的时间并不长。

听爸爸说，我还是个婴儿的时候，他就是这样给我读书的。那时我才刚出生，他就去书店买了几本育儿大全，照着书来养育我，每天都认真做笔记，经常抱着还是婴儿的我，给我读故事。

爸爸认为我爱读书的习惯，跟他在我很小时就开始给我读书有关，所以对我给悠宝读故事的做法非常认可。

除了我之外，宝爸、宝宝的奶奶、姥姥和姥爷都会抽时间给悠宝读绘本。

随着年龄的增长，悠宝能够专注聆听故事的时间也越来越长，几乎每天睡前，我们都会一起读几本书再入睡。睡前亲子共读已经成为我们生活的一部分。

有时跟一些妈妈沟通，她们家里竟然很少有绘本，只有少量的几册《幼儿画报》之类的幼儿杂志。我真的感觉非常吃惊，因为一直以为绘本是绝大多数家长都普遍接受并且会经常买给孩子看的。

好的阅读习惯真的要从小养成。画这本书时，悠宝已经4岁了，他可以一个人安安静静地读半小时的书。我想爱读书一定会成为他人生中一个非常好的习惯，贯穿他人生的始终。

为什么要给宝宝读绘本

1. 给宝宝读绘本，让他从小开始接触绘本，有助于培养孩子爱阅读的好习惯。这种从婴儿期就养成的阅读习惯往往会陪伴终身。

2. 英国的教育研究专家发现：从婴儿时期就开始阅读绘本的宝宝，上小学后他们的学习能力和成绩都比同龄人优秀。喜爱听故事、读故事的孩子，其理解力和表达力是不常阅读的孩子的两倍以上。

3. 绘本中的文字表述、鲜艳的色彩、有趣的图画加上父母生动的语言，会带给宝宝丰富的视觉体验和听觉感知，可以培养宝宝的想象力、专注力、创造力、认知能力和语言表达能力，有利于促进宝宝情感和智力的发育。

4. 这是最美好温馨的亲子时光。可以让宝宝在亲子阅读中感受到爸爸妈妈对他的关注和呵护，有助于培养密切的亲子关系，对宝宝的身心发育有益。

如何给宝宝读绘本

1. 如果妈妈们愿意尝试的话，最早的亲子绘本阅读，在襁褓时期就可以开始了。可以每天为宝宝轻声读一个小故事。

2. 一般开始亲子阅读都是等到宝宝可以坐的时候。我们把宝宝抱在怀里或让他坐在膝上给他翻读故事。读故事时教育性不要太明显，主要是让宝宝体会你跟他之间这段温馨的时光。

3. 一岁以内的婴儿一般能够集中注意力看书的时间非常短暂，如果宝宝表现出不耐烦，不要强迫宝宝，不要让他觉得你在要求他必须听你讲故事。

4. 建议这个时期选择布书。他自己也可以拿来玩耍、触摸，甚至撕咬，以培养宝宝对书的兴趣。也可以为宝宝选择洗澡书。放在浴盆中会变色的洗澡书宝宝也会感兴趣。

便秘啦

悠宝出生 7 个月零 10 天

今天中午，悠宝吃过辅食之后没多久，表现出想要大便的样子。于是姥姥赶紧把他抱起来把便，我拿来了便盆，大家都等着他一坨便便新鲜出炉呢！

我们已经熟悉了悠宝拉便便的规律和专有的表情——一表示要努劲儿就是要拉便便。

不过今天这坨便便，看起来不是那么顺利。

拉到后来，这小子居然哭了起来，一边哭一边费力地努劲儿，终于拉出了几颗硬硬的黑色小粒。

可怜的小家伙居然便秘了，他长这么大第一次便秘。我回忆了一下这两天给他添加的辅食，一切都正常啊。

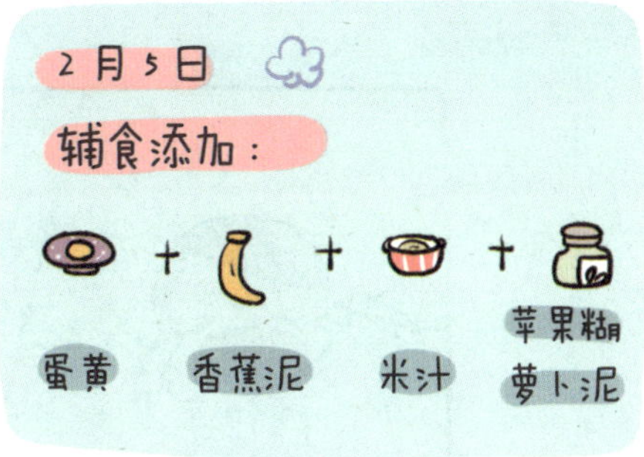

那问题应该是出在我身上了。这两天我有一点儿上火。妈妈昨晚做了我很喜欢吃的大白菜猪肉炖粉条，里面也加了大料等作料，我一口气吃了不少。

哺乳期我还是挺注意饮食的，尽量吃清淡的，没想到这一次没注意忌口，就让宝宝跟着遭罪了。

傍晚，悠宝拉便便时又哭了。可怜的小家伙今天大便一共拉了3次才拉完（中午，下午，傍晚）。看着他难受的小模样，我心里自责极了，暗暗告诉自己以后一定注意，再也不能贪嘴了！

晚上，我想办法给悠宝多喂了点儿水，又参照资料给他吃了一点儿促进排便的香蕉泥。给他洗完澡之后，我按照书上的办法给他做了一会儿腹部按摩。

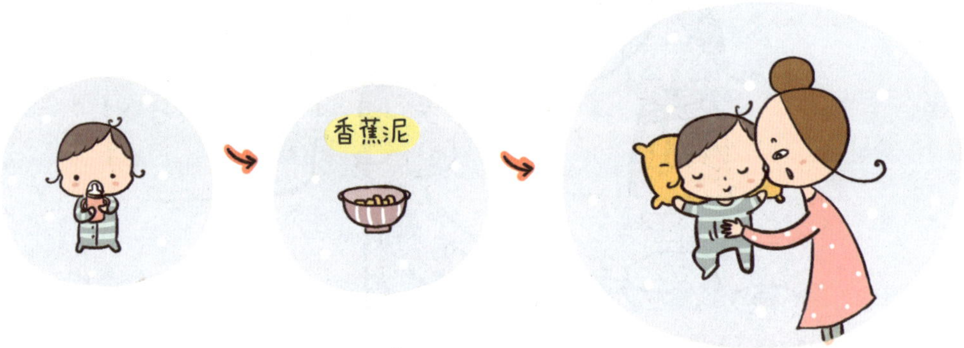

好在悠宝这次便秘并没有持续多久，第二天就一切恢复了正常。

宝宝便秘该怎么做

1. 将手心搓热，掌心平放在宝宝的肚脐上，按顺时针方向轻轻按摩推揉10～20圈。手掌要向下稍稍用力按压，按摩过程中手掌不要离开宝宝腹部。此法可以加快宝宝肠道蠕动促进排便，也有助于消化。

2. 按摩肛门皱褶处。妈妈用把尿的姿势抱起宝宝，双手的中指放在宝宝肛门周围皱褶的地方，两个中指分别放在9点和3点的方向，轻轻向下挤压10~20下。也可以用沾有香油或者甘油的消毒棉签轻轻刺激宝宝的肛门周围，沿肛门转一圈。注意不要用力过猛，动作要轻柔。如果宝宝哭闹就不要操作了，以免损伤肛门。

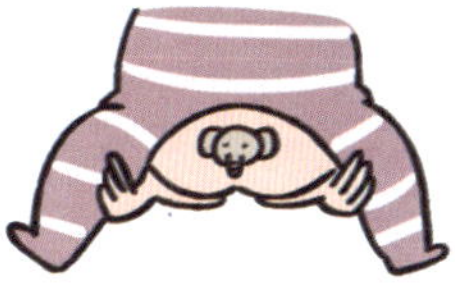

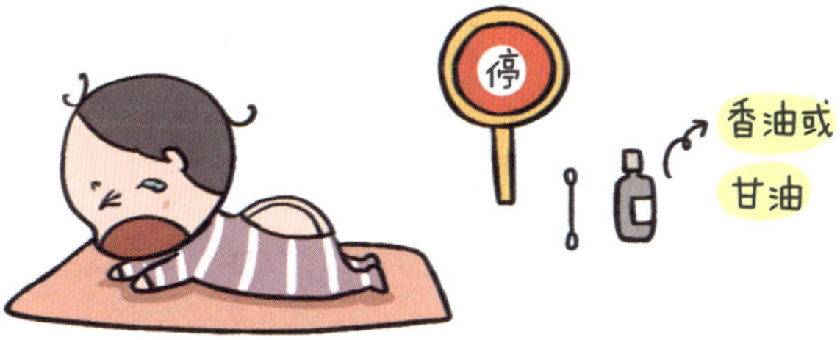

3. 给宝宝增加饮水量。只吃奶的宝宝，可适当加滑肠食品，如西梅汁、橘子汁、梨子汁等。可以吃辅食的宝宝，需要在饮食中增加含纤维较多的蔬菜、水果及粥类，如西梅、菠菜、油菜、白菜、芹菜以及香蕉、梨等。

4. 母乳妈妈注意饮食。哺乳期妈妈应该少食用辛辣刺激食物和含有咖啡因、酒精的食物。八角等刺激性作料也要少吃，这些温热刺激性食材容易引起宝宝便秘，也容易引起宝宝上火等症状。

5. 让宝宝适当增加运动量，可以爬的宝宝鼓励他多爬行多活动。

6. 如果以上都无法缓解宝宝的便秘症状，可以去找儿科医生问诊。在问诊前，妈妈们千万不要擅自给宝宝服用任何类型的非处方缓泻药或者软便剂，以免引起宝宝过敏等不适。

悠宝的屁屁红了

悠宝出生 7 个月零 22 天

周末，我和鹿仔开车带悠宝出去玩了一圈，悠宝的纸尿裤没及时更换，一不小心居然给捂出了个红屁股。

我们对悠宝的小屁屁一直保护得挺好的，每天都注意清洗，没想到这次一时疏忽，竟然给捂出了个红屁股。

奶奶建议暂时换用棉尿布，每次嘘嘘便便后也立马用清水给他清洗小屁屁。

洗完擦干之后，在奶奶的建议下去厨房找了点儿芝麻油，处理后用棉签蘸着给悠宝涂上。本以为是老旧的方法，不过查了资料之后果然有涂芝麻油这方法，所以，有些老方法也是有科学依据的。

晚上，我去药店买了专门治疗红屁股的护臀霜。第二天，阳光不错，奶奶抱着他在阳台上晒小屁股。

这样精心护理了几天，悠宝的红屁股终于好了。

红屁屁的护理

一定要给宝宝勤换尿布或纸尿裤，换新尿布前用温开水或4%的硼酸水给宝宝洗净小屁股。清洗时，应用手蘸水轻柔地进行清洗，不要用毛巾直接擦洗臀部。洗好后用柔软的毛巾轻轻吸干水分。切记，不可用肥皂清洗臀部，那会加重对臀部的刺激。

然后再给宝宝的屁股上涂些植物油或是不影响皮肤清洁干爽又有隔离抗菌作用的药膏，如鞣酸软膏。涂抹植物油或药膏时，把棉签贴在皮肤上轻轻地滚动，而不要上下涂刷，以免加重宝宝的疼痛感，导致脱皮。

用芝麻油涂小屁股也很有效。具体做法是：在干净的碗内倒入芝麻油，在微波炉里加热至熟，晾凉后备用。给宝宝洗净屁股后在发红的地方均匀涂抹。

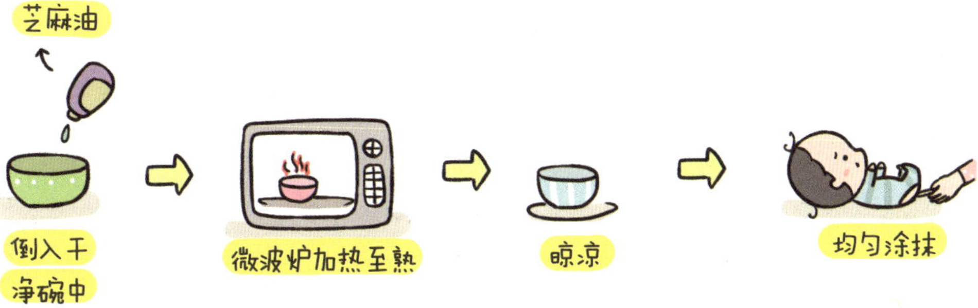

还可以给宝宝晒太阳。在气温或室温条件允许的情况下，可以把尿布垫取下，让宝宝臀部充分暴露在空气中或阳光下，每天 2～3 次，每次 10～20 分钟，一般 1～2 天红臀就能有所好转。

破皮严重的话，可以考虑用带有红外线功能的台灯（40 瓦）给宝宝照射臀部，注意保持距离（30～40cm 开外），温度适中。每天照射 1～2 次，每次 15 分钟。

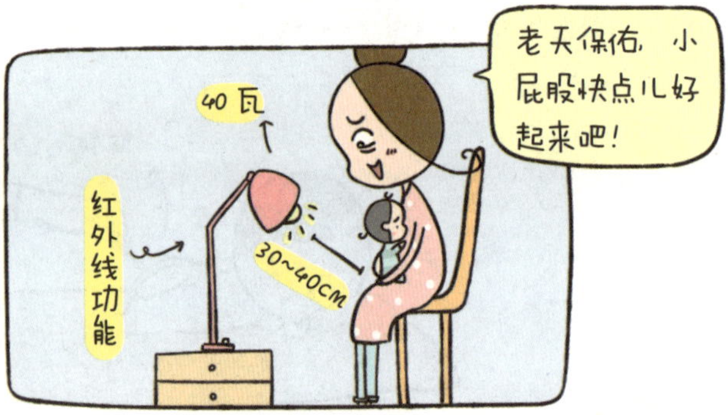

如果局部皮肤潮红并伴有皮疹，可涂消毒鱼肝油。如果局部皮肤有糜烂或表皮剥脱，可以用抗生素软膏。要是有继发细菌感染，就需要及时去医院就诊。

症状	如何应对
皮肤潮红并伴有皮疹	涂消毒鱼肝油
局部皮肤有糜烂或表皮剥脱	用抗生素软膏
有继发细菌感染	需要及时去医院就诊

一边……一边……

悠宝出生 8 个月零 6 天

整个哺乳期，每天喂奶的时候是我读书最久的时候，一般是一边喂奶一边看育儿书，有时也用手机上网。最近发现悠宝也开始一边吃奶一边挥舞着一只小手抓来抓去，不知道是不是受了我的影响，想感受一下同时做两件事的感觉。

第一次发烧

悠宝出生 8 个月零 12 天

除了 6 个多月时得过一次腹泻之外，悠宝一直还没有生过什么病，顺利长成了一个 8 个多月大的白胖婴儿。

下午，我带他从外边遛弯儿回家后，觉得他有些没精神，有点儿昏昏欲睡似的，过了一会儿我抱他时发现他身上有些发烫，好像是发烧了。

我想来想去也想不出具体原因，只好赶紧查了下婴儿发烧的资料，然后去买了退烧贴，准备先给他物理降温。

回家后，给悠宝量了体温，38.6℃，温度有点儿高，但是他暂时没有任何其他症状，像咳嗽、呕吐、流鼻涕都没有，所以我决定先给他物理降温。想办法给他喂了点儿晚饭之后，小家伙也倦了，我又给他喂了些奶，哄他睡下了。

傍晚，鹿仔下班了，我们匆匆忙忙吃了点儿晚饭，商量了一下便开始各自查资料。

因为养育悠宝，我买了很多育儿书籍，给他喂奶时也是常常一边喂一边翻阅这些书，其中比较常看的是这几本：

在松田道雄的《育儿百科》中，我看到了对我帮助极大的一段话，书里写道：

> 至今为止没有发热病史的婴儿，过了6个月以后如果发生38℃以上的高热，首先应该考虑的是"幼儿急疹"。半数以上的婴儿在出生后6个月至一周半期间会出现幼儿急疹，而6~8个月期间尤其多。

与书中描述相符的四个特征：

- 之前从未发过热
- 突然发烧至38℃以上
- 年龄，8个月多点儿
- 没有其他并发症状

商议好不久，悠宝就醒了，而且哭了起来。想起书上的护理资料，我给他又喂了些奶，也让鹿仔榨了点儿果汁，稀释之后喂他喝一些。

PM 10:00

宝宝发热时需要多补充水分，母乳、配方奶、宝宝之前已经添加过的水果果汁都可以喂给他。

为了增加退热效果，我又在悠宝的大腿上贴了两张退烧贴，从冰箱里拿了冰袋尝试着给他敷一下，这时他的体温是 38.8 ℃。

足足贴了6张退烧贴。

鹿仔准备了一些温水，我想帮悠宝擦擦手心和脚心，为他物理降温。

谁想到这小子非常抵触擦手心和脚心，拼命哭闹。

生病时，特别需要妈妈，妈妈的怀抱是最温馨的港湾。听着妈妈的心跳声，悠宝安心入睡了。

PM 11:00

这样折腾了一阵子，悠宝最终趴在我的胸前睡着了。

尽管已经查了书，对照症状悠宝也都很符合，可我心里仍是七上八下的很不踏实。

还没睡多久，我就被悠宝的哭声惊醒了。

早就知道，这可能是一个不眠之夜。

因为发烧，悠宝没法像以往那样安睡。我又给他喂了些奶，把退烧贴全换了一遍，和鹿仔一起给他用温水擦擦手心、脚心。

用体温计测得体温是39.1℃，看书上说要谨防高烧惊厥，我和鹿仔赶紧给他喂了一点儿美林，吃了药之后又想办法慢慢把他哄睡了。

那是悠宝出生以后我记忆中最焦虑的一个夜晚，自己也非常困倦，又挂心悠宝什么时候才能好起来，不知道自己的判断和做法是不是正确，感觉时间非常难挨。

这是每个做妈妈的都会经历的难熬时光吧，在这种焦虑无助中渐渐成长，变得更加强大、有力。嗯，一定是这样。

就这样，我几乎一夜未合眼。到了第二天，悠宝的体温依然在38℃多到39.1℃之间徘徊。奶奶很担忧，希望我们带悠宝去医院看看。

就这样，我们带悠宝去了儿童医院。医院里熙熙攘攘，到处都是蔫蔫的患病的孩子和焦急的家长们。那一刻，我内心很感慨。当孩子生病后，家人要承担多少焦虑不安，内心里充满着无助感，就像此时此刻的我们。

经历了排队挂号、等待，终于轮到了我们。医生听说了症状之后，要求先做血常规检查，可怜的悠宝只好被扎了一针取血做化验。

检查结果出来了，医生又给悠宝测了体温，比之前降了不少，只有37.8℃了。看了血常规检查结果，医生说稍有炎症，又看了看悠宝的嗓子，说嗓子有些发红，建议我们吃口服头孢抗生素，又开了抗病毒的药物。

当时悠宝烧退了不少，也没有其他明显的症状，我们淡定了许多，决定先拿药回家，然后再观察下悠宝的状况，争取尽量不用抗生素治疗。

回家后，因为悠宝的体温已经降了好多，我们继续给他进行物理降温，又喝了一点儿抗病毒的中成药口服液（医生开的）。

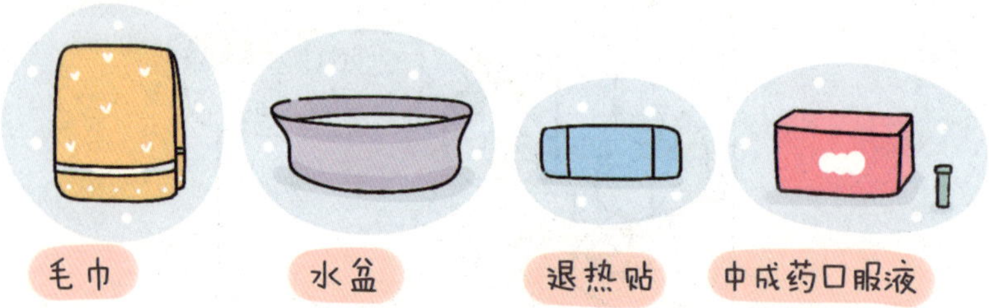

就这样，焦躁地度过了将近一天，临近傍晚的时候，感觉小子头上凉丝丝的，再一测量体温，居然已经不烧了，一家人终于安下心来。

妈妈观察记录

第3天，发现宝宝脸上好像有点儿小痱子样的颗粒，肚子上也有一点儿。

第4天，宝宝身上开始出现大量疹子，尤其是腹部和背部。手臂和腿上也散布着小疙瘩。很明显，真的就是传说中的幼儿急疹。

第5天，疹子依旧很多。

第6天，疹子终于开始消退了。

跟幼儿急疹的交锋终于结束了，中间夹杂着各种焦虑、疑惑，虽然最后的结果印证了确实是幼儿急疹，但是作为新父母，面对孩子的高烧难免还是有点儿手忙脚乱。在这里，我把搜集到的幼儿急疹的详细资料分享给大家，各位新妈妈可以依照特征对宝宝进行判断和护理。

幼儿急疹怎么办

什么是幼儿急疹

幼儿急疹(ES)，也叫婴儿玫瑰疹、烧疹，是婴幼儿常见的一种以高热、皮疹为特点的疾病，多发生于春秋季。发病多在2岁以内，尤以1岁以内最多，潜伏期一般5～15天。人类疱疹病毒6、7型感染是引起幼儿急疹的病因。

疾病症状特点

幼儿急疹一般有以下几个典型特征：

1. 往往是突然高烧，体温迅速上升至39℃到40℃，而且会持续发烧三四天。用退烧药后烧退，药效一过又烧。
2. 相对感冒高烧，患病宝宝的精神和食欲状况都比较好，有咽部和扁桃体轻度充血和头颈部淋巴结肿大。
3. 其他病征不明显。高烧时，有时会伴有腹泻，大便溏稀，而很少流鼻涕、咳嗽，或症状非常轻微。
4. 如去医院做血常规检查，会显示白细胞降低、淋巴细胞明显升高。
5. 热退时出现大小不一的淡红色斑疹或斑丘疹，开始起于躯干，很快波及全身，腰部、臀部较多，皮疹在1～2天消退，没有色素沉着或脱屑。
6. 患儿多为6～12个月大，50%～60%的患儿都在8～10个月大时发病。

护理方法

1. 宝宝应卧床休息，注意隔离，避免交叉感染。幼儿急疹具有一定传染性，应避开与其他宝宝的接触。

2. 宝宝需要多饮水，及时为身体补充水分，防止脱水。母乳宝宝可适当多喂奶。要给宝宝吃一些易消化的食物。

3. 适当对宝宝进行物理降温。可以洗温水澡或睡冰枕，用温水搽额头、四肢等。注意防止高烧惊厥。

4. 没有其他并发症的话不要使用抗生素，抗生素对急疹无效，相反倒可能引起其他疾病。一般发烧超过38.5℃可以使用退热药，主要使用含对乙酰氨基酚的药物。

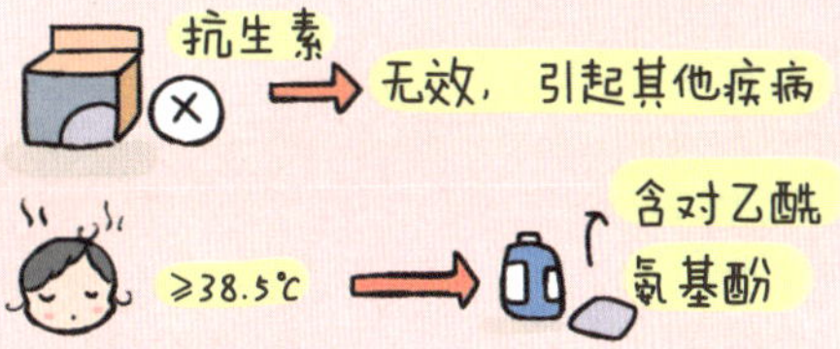

特别注意事项

1. 幼儿急疹是一种轻型传染病。冬春季节，家长可以给宝宝每天喝一袋板蓝根冲剂，加强宝宝抵抗病毒侵袭的能力。

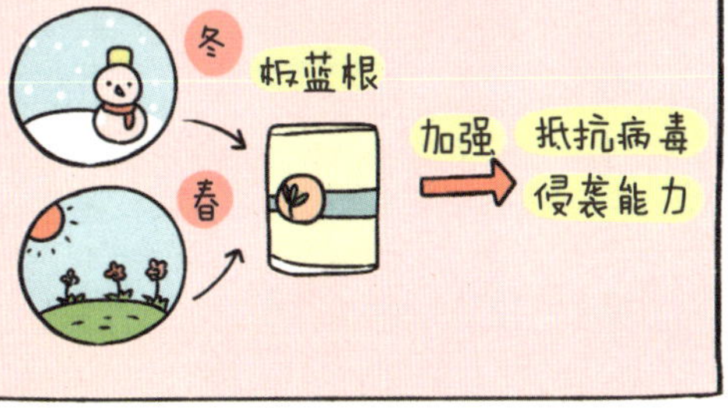

2. 哺乳期宝宝生病时比较依赖妈妈的母乳，妈妈应尽量多喂奶。母乳妈妈注意尽量不要食用鱼类、虾类、蒜、韭菜等食物，生冷或辛辣食物也不要碰。

第三章

世界上最甜蜜的负担

补钙这件闹心的事

悠宝出生 8 个月零 21 天

自从生了宝宝之后，我已经自动升级为"育儿学霸"了，经常翻看各种育儿书籍，查阅各种育儿资料，一些常见的问题自己也算都了解，因此也是不提倡盲目补钙。

可是，接近 9 个月大时，悠宝丝毫还没有长牙的迹象，有一阵子夜里睡得也不是那么安稳。根据育儿书籍和育儿专家教的方法，我测算记录了一下悠宝每天钙的摄入量和日常状况，感觉他应当不缺钙。

可是，禁不住周围各种杂音和当妈过度焦虑综合征的施压，我开始有那么一点儿不淡定了。

最后我决定跟鹿仔一起带悠宝去医院做一次全面检查，对他钙指标做个详细的测试。

检查结果是，悠宝的一切指标都在正常范围内，当然，也根本不存在什么缺钙现象，完全是虚惊一场。

其实不仅仅是我，还有很多妈妈面临着宝宝是否缺钙的困扰。大家都觉得钙是很难把握、虚无缥缈的东西，只要宝宝出现一点儿状况，就会想到是不是由于缺钙引起的。

做了妈妈之后，一不小心都变成了神经兮兮的焦虑大婶，整天忍不住各种担心。

与其神经兮兮地各种担心，不如自己先掌握充足的资讯，对关于宝宝钙质摄取等相关知识多了解一些。我国0~3岁婴幼儿推荐钙的摄入量如下：

年龄	钙质每天摄取量
0~6个月	钙摄入量为300mg
7~12个月	钙摄入量为400mg
1~3岁	钙摄入量为600mg

0～1岁的宝宝，钙的主要来源来自于母乳和配方奶。每天奶的摄取量达到600ml以上再加上适当的辅食补充，基本上就可以满足宝宝的钙质需求。母乳妈妈也要注意适量多摄取含钙食物。

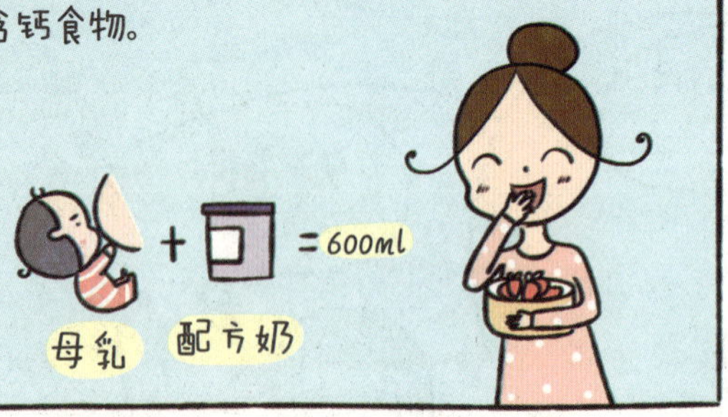

1～2岁的宝宝，钙主要来源于奶类。每天奶的摄取量达到400ml以上再加上其他食物的补充，也可以满足宝宝的钙质需求。可注意给宝宝适当食用钙质丰富的食物。

如果担心自己的宝宝缺钙，妈妈们可以在心里反思一下这几点：

- 宝宝每天奶的摄入量是多少？
- 是否每天都会补充维生素D？
- 辅食里是否注意添加含钙食品？
- 进食和生长发育是否正常？

妈妈要是做到了这几点，就不用再每天纠结宝宝是不是缺钙这件事啦！

1. 保证足够奶量。上面已经提到了0～2岁宝宝对奶及奶制品的大致摄取需求。妈妈们可以对宝宝的每日奶量做个简单记录。

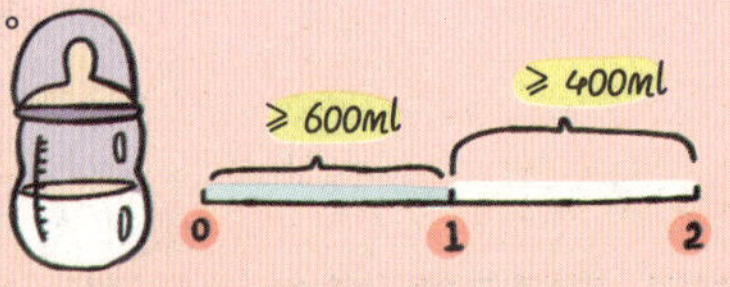

2. 每天补充维生素D。足月宝宝自出生后15天起，每天补充400单位维生素D，直至2～3岁。高危、早产、低体重孩子请遵医嘱。

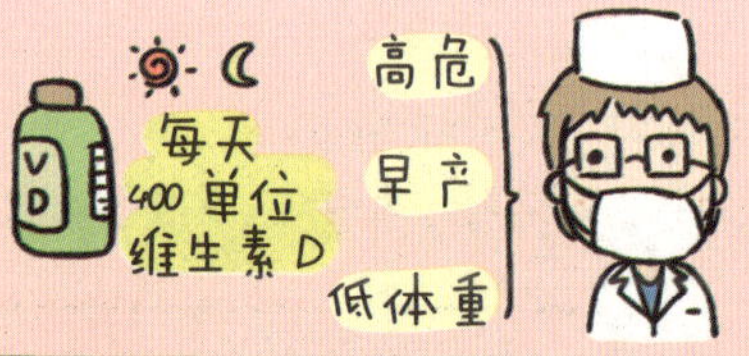

3. 每日膳食补充。添加辅食之后，多给宝宝添加一些含钙高的食物，早期辅食应选择富含铁锌的婴儿营养米粉。

4. 适当晒太阳促进钙的吸收。

枕秃和出牙晚并不代表缺钙。

形成枕秃的原因很多，有可能是由于宝宝摩擦头皮导致，要综合来看。出牙晚跟遗传有一定关联，况且1岁以内萌出第一颗乳牙都属正常。

标注：这两个主题本书中都有专门的故事讲解。

妈妈们在喂养这件事上也要树立足够的信心，采用正确的喂养方法，放松心情，宝宝们可不是那么容易就缺钙的！

关于缺钙

由于奶量不足、动物性食品补充不足、生长发育快等各种原因，有的宝宝确实会存在缺钙的状况，家长可以反思一下在喂养上的误区和不足。

通常真正缺钙的婴儿会有如下表现：囟门闭合迟缓，头发稀少，脾气急躁爱哭闹，容易夜惊啼哭，出汗很多，免疫力、抵抗力下降等。

出现这些症状之后应该及时去医院就诊。

关于维生素D

对于宝宝来说，补充维生素D极其重要。补充维生素D是为了促进钙的吸收，钙和维生素D就如同一对互相帮扶的好兄弟，如果光补钙不补维生素D，吃进去的钙就无法被吸收。

维生素AD，叫维AD胶丸或滴剂，鱼肝油的成分也是维生素A和维生素D，而且二者都是按照3:1的最佳比例搭配的。但要提醒大家，鱼油和鱼肝油不是一回事，鱼油中含有DHA（俗称脑黄金），但既无维生素A，也无维生素D。

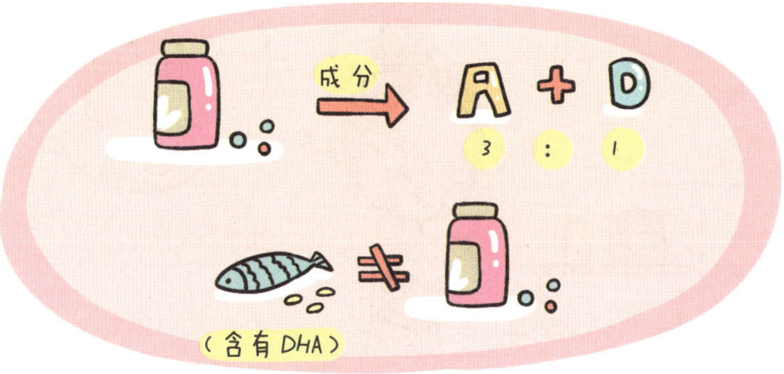

维生素AD也不可以补充过量，那样会有一定的副作用，最严重的可以导致维生素AD中毒。急性中毒的表现是囟门隆起、呕吐，慢性中毒后的反应和缺钙的表现相似，比如焦虑、烦躁；骨骼、肌肉疼痛等。所以摄入量必须控制在合理范围内。

给宝宝盲目补钙带来的弊端

中国宝宝好像进入了集体补钙的时代。据数据统计，参与一次调查的200个婴儿中竟然有90%都在不同程度地补钙。其实补钙前一定要详细咨询儿保医生，而不是自己给宝宝盲目补钙。

我那时也因为悠宝有枕秃，差点儿就在朋友的建议下考虑给悠宝吃一种补钙的颗粒了。所以，给婴儿补钙在中国确实是一种很普遍的现象。

现在妈妈们都很重视科学喂养，注意给宝宝提供营养，所以真正的缺钙状况是很少的。最重要的是在合理喂养的基础上补充维生素D而非钙剂！

盲目补钙，会带来各种弊端，尤其是对几个月大的婴儿。婴儿过度补钙会造成囟门过早闭合。囟门的闭合是反映大脑发育情况的窗口，过早闭合不利于大脑的发育。

过度补钙导致的钙过量，会加重肾脏的排泄负担，可能引发肾结石、高钙尿症等疾病。

过度补钙还容易促使骨骼提前钙化，缩短长高年限，影响宝宝长个子。

宝宝有没有必要做微量元素等检测

针对宝宝的微量元素、血钙和骨密度检测，也是有很多说法的，我们当初带您宝去检查的时候还不知道。在这里，把一些儿科专家的建议总结给大家，让大家有更多了解。总体而言，并不建议带宝宝盲目去做检测。

1. 关于骨密度检查。有关专家表示，目前并没有标准的儿童骨密度检查方法，更何况是对待婴儿。对于生长旺盛阶段的婴幼儿，骨密度偏低也意味着他们正处于快速生长过程，是正常现象，而不完全是补钙的表征。

2. 关于微量元素检测。微量元素检测极易受到外因的影响而发生变化。目前所有的微量元素检测结果都不能真实地反映宝宝体内微量元素的确切水平。因此检测结果不能作为临床诊断的标准，也不能作为治疗用药的依据。

3. 关于血钙检测。钙质主要沉着于骨骼上，血钙水平并不代表骨骼内的钙质水平。如果是维生素D摄入不足，即使血钙水平足够，仍可能会出现佝偻病。

4. 专家建议：宝宝如果出现生长异常也不仅仅是微量元素缺乏所致，建议家长把喂养重点放在均衡营养上，关注宏量营养素如碳水化合物、脂肪和蛋白质。宝宝要补充的是维生素D而不是盲目补钙。可根据医生的建议和宝宝的情况来确定是否需检查血钙和骨密度。

悠宝夜醒的烦恼

悠宝出生 8 个月零 26 天

频繁夜醒的悠宝

记得悠宝出生那段时间，好像掐准了点儿似的，两个小时左右便会醒来吃一次奶，特别准。

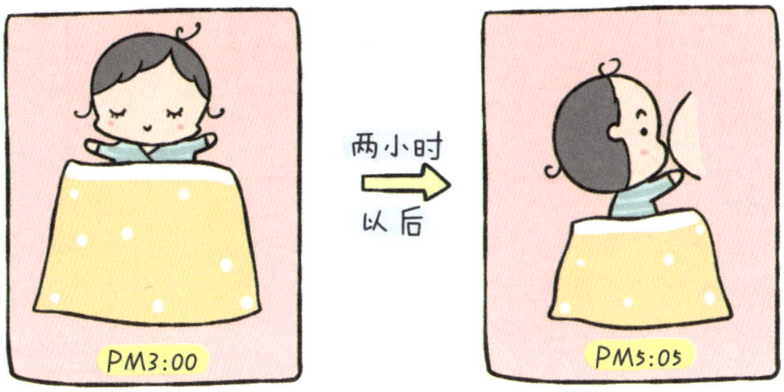

当时请了月嫂一起来照顾悠宝。晚上悠宝只要有点儿哭声，月嫂就会赶紧抱来让我喂奶。也许，那就是悠宝习惯吃夜奶的开始。

最初，夜里也只是醒两三次。比如 9 点入睡，12 点吃一次奶，凌晨 3 点吃一次奶。最好的时候，整个夜间只醒一次。

这种幸福的体验没过多久，不知什么原因，悠宝开始慢慢地变得夜醒频繁。后来每晚夜醒次数居然可达五六次甚至更多。

可他的发育和对他的喂养基本都是正常的，实在不知道问题出现在哪个环节。听到别的孩子的妈妈跟我说他们的宝宝睡眠特别好，一觉到天亮，心里真是五味杂陈。能够安稳地睡个觉对我来说是个多么大的奢望啊！

我开始去搜集各种资料，研究育儿书中关于睡眠的章节，想改善我和悠宝的睡眠状况。后来，从《实用程序育儿法》这本书中了解到了“抱起放下法”。原来宝宝的睡眠状况是可以改变的。对我来说，算是在无比疲惫的夜醒生涯中看到了一丝曙光。

接触到“抱起放下法”

原来，婴儿来到这个世界上，有时会在夜间醒来也是正常的，而原因也是多样的。比如，可能是尿潮了不舒服，也可能是自己翻个身突然醒了，或是没有睡踏实等，并不都是因为饿了要吃奶。

但是我们基于一般的了解或是上一辈的指点，都认为宝宝夜里醒来是因为没吃饱，想要吃些奶再继续睡。于是，宝宝一醒来我们就赶紧喂奶。宝宝受到了妈妈的抚慰，又吃到了美味的母乳，自然是要接着睡的。但这只是结果，并不说明他当初醒来就是为了吃奶。

然而，经历了多次夜间一哭就有奶吃的情形，宝宝就真的会把这作为一项习惯坚持下来，开始持续吃起了夜奶，让妈妈慢慢感觉到疲惫不堪。

而且吃了夜奶的宝宝，过不多久便会因为吃了奶而尿潮尿布，结果可能会再次醒来，然后妈妈再喂奶哄睡，渐渐变成一夜多醒。经历过的妈妈都知道，这会有多痛苦。这半年来，我可以说是饱受夜醒频繁的折磨，已经到了不敢相信还有什么好办法可以让自己睡个正常觉的地步。

我接触"抱起放下法"的时候，悠宝已经7个多月了。买到书之后，我先研究了好一阵子。书里的做法并不是冷漠地去对待宝宝，而是轻拍、抱起或者跟孩子耳语，不是一醒就喂奶哄睡。喂夜奶哄睡是我们已经给宝宝养成的坏习惯，现在的目的就是通过抱起或轻拍的安慰的方法来慢慢帮宝宝戒掉吃夜奶的习惯，让他习惯夜间醒来后再独自入睡。

具体做法大致是：在宝宝开始夜醒或者为睡眠问题哭闹的时候，先尝试用语言或者手轻放在他身上来抚慰他，不奏效的话就抱起宝宝表示抚慰，但是不超过5分钟，在宝宝停止哭泣后立刻将他放下。如此反复，直至宝宝可以独立入睡。针对不同月龄的宝宝具体做法还会有细微的区别。

把书上的内容掌握之后，根据悠宝所在的年龄阶段，我利用“抱起放下法”和总结的其他经验制订了一个小计划。具体内容是：

1. 7个多月的悠宝已经在吃辅食了，考虑到他夜间一直是吃奶后再入睡，所以白天想办法争取给他多喂一点儿食物，保证他夜间醒来不是因为饥饿。

2. 让他跟刚出生时一样睡到旁边自己的小床上，不再跟我挤在一张大床上（为了吃夜奶方便后来让宝宝睡到了我的床上）。

3. 夜间他醒来时，不再用吃奶来抚慰他入睡，而是通过拥抱、轻触和温柔对话来抚慰他。

4. 订一个持久战的计划，比如一周、两周甚至更久。跟家人协商好，让他们帮助自己一起来完成这个计划。

相对于四五个月龄的宝宝，此时的悠宝显然更难通过这个方法来入睡。第一个晚上，我默默下定决心，跟宝爸讲让他必要时协助我。晚上接近10点，悠宝吃了奶入睡了。跟往常一样，一过12点就醒了，哭了起来。往常是赶紧喂点儿奶哄睡，这次我只是将手轻轻放在他身上，并耐心跟他讲，现在是睡觉时间。

显然，这招对习惯了吃夜奶的悠宝并不奏效。于是我伸开手臂，对他说："宝贝儿，来，妈妈抱抱。"我抱起他之后安慰了一下，仍旧轻声告诉他接下来要睡觉了，并没有摇晃他。可他还是拼命哭并且往后仰头大闹，于是我又把他放了下去。这样反复了几次。

夜里一直睡眠不好的我困倦极了，宝爸这时也过来帮忙，我们轮流来安抚哭闹的小家伙。

这样反复抱起放下了21次，花了差不多40分钟，悠宝终于自己哼哼唧唧地睡着了，估计也是累了。我和宝爸也是疲惫不堪。

让人安慰的是，悠宝这觉居然一直睡到了将近4点才醒，比往常多睡了近1小时。醒来后，我和宝爸还是坚持用“抱起放下法”。也许是知道了反抗无果，这次比上次用的时间短，只反复抱起放下了十多次，悠宝就在哼哼唧唧的哭声中慢慢睡着了，一直睡到了早上6:50分。

第一个晚上“抱起放下法”的实施基本上算是成功了。虽然非常累，但我还是想坚持下去。因为每天频繁的夜醒加吃夜奶让我无比疲惫，白天精力也不好。而且，宝宝频繁夜醒吃奶自己也睡不踏实啊。

第二个晚上，我跟宝爸继续如法炮制。遭遇的情况大致相同，悠宝依旧是夜醒之后拼命哭闹，但是状况比前晚又好转了一些，被抱起放下了近20次之后睡着了。睡了约两个半小时，再次醒来。这次只抱起放下了不到10次就睡着了，又有小小的进步。

就这样，坚持到第5个晚上的时候，状况有了明显的好转。大约7个多月的宝宝心智发展比以前成熟一点儿，已经感觉到了妈妈的坚持，所以不再像刚开始那样拼命地哭闹，渐渐知道夜里没有奶吃了，开始学会自己入睡。

白天，我还是像往常一样多陪陪他，让他知道，虽然夜里不给他吃奶了，但是妈妈还是很爱他，一切都没有改变。就这样，坚持到第9个晚上的时候，他就基本上不再哭闹了。白天我争取给他喂的辅食和奶量都更充足一些。夜里悠宝因为不再吃奶尿量少了，可以睡得更踏实长久了。

如果不是有宝爸的支持，那我一个人是很难坚持下来的，因为实在是太累了。夜里困倦得要命，小家伙还一直在拼命哭闹，稍有懈怠就会想，算了吧，给他吃点儿奶哄睡算了。所以，家人的支持极其重要。爸爸没时间的话也可以让姥姥或奶奶协助，但是要在她们真正理解了这个方法的原理并且支持的基础上，否则反而会成为阻力。

改掉白天“奶睡”的坏习惯

夜醒的状况得到改善之后，白天的奶睡我也同时开始给他做调整。以前，悠宝一直都是奶睡，每次都会吃很久，长的时候可以吃到四五十分钟，弄得我很累。他一直含着乳头慢慢吃慢慢睡，这对他正常入睡也不利，常常在把他放到床上时他就会突然醒来。

所以，我决定用“抱起放下法”帮他改掉奶睡的习惯。做法跟夜晚相同，吃奶时不让他边吃边睡，而是想法让他尽量在清醒状态时吃奶，总时间不超过半小时。到时间后，不再给他含着乳头，而是把他放到床上，他哭闹后轻声告知他现在要睡觉了，然后把他抱起来安慰一下。这样反复大约十来分钟后，悠宝大约也是累了，终于自己入睡了。

大概是因为晚上已经用过这个方法，所以白天悠宝接受起来相对容易一些。加上我白天也没有晚上那么困倦，所以一个人完全可以完成这件事。大约一周之后，悠宝开始学会自己入睡，而不是像往常一样奶睡。

为宝宝进行正确的睡眠引导，比后期纠正睡眠习惯容易得多

无论是夜醒频繁吃奶，还是长时间含乳头奶睡，都是早期我们无意间给宝宝养成的坏习惯，根本原因在于我们对喂养知识还是有些匮乏，所以需要后期来调整。如果早期了解到这些，没有让他养成这些坏习惯，后期的喂养就会轻松很多。所以，妈妈们应尽早了解更多关于宝宝睡眠的知识。

可以为宝宝建立一个适合他的作息生活表。宝宝其实有自己的生活规律，妈妈可以观察宝宝，为他做相应的记录，了解宝宝吃饭、玩耍、睡觉的基本规律，到睡觉时间就开始做睡前准备。

为宝宝建立合理温馨的睡前程序。比如在宝宝睡前，减少噪声和灯光的刺激，给宝宝洗个澡，换上睡衣，做个抚触按摩。还可以放点儿轻柔的乐曲，轻声温柔地告诉他睡眠时间到了。最好每次睡前都根据情况来实施这些程序。

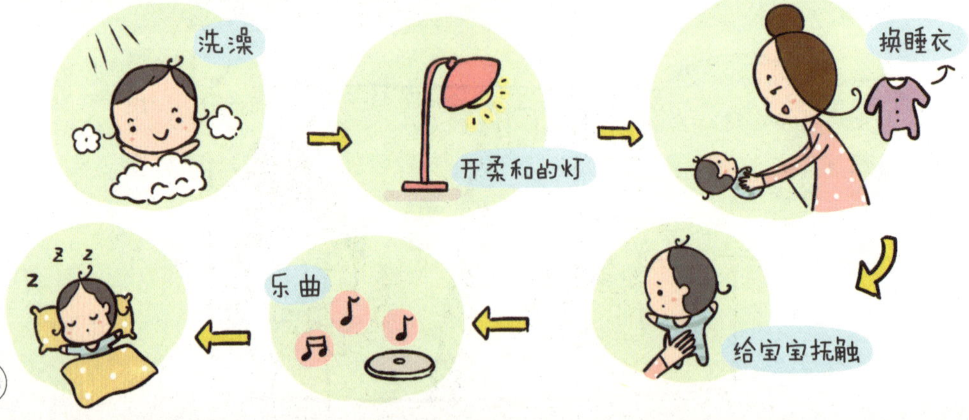

鼓励宝宝学会自主入睡，而不是通过奶睡、摇晃、抱睡等方式来入睡。具体来说，就是在宝宝困倦想要入睡时把他放到床上，让他慢慢学会自己入睡，而不是依赖妈妈及其他方式入睡。

宝宝夜醒后，妈妈可以先观察一下，看是否有必要给予安慰，不要宝宝一发出声音就赶紧凑过去。如果宝宝哭了，可以尝试轻拍、耳语、手放在宝宝腹上抚慰等方式哄宝宝入睡，而不是仅靠喂夜奶的方式哄他再次入睡。

推荐两本书给妈妈们，里面有更详尽的关于宝宝睡眠的知识，可以帮助妈妈们应对宝宝可能出现的睡眠问题。这两本书是《婴幼儿睡眠圣经》和《实用程序育儿法》。

减肥进行时

悠宝出生9个月零2天

大概因为体质的原因，除了婴儿时期之外，我几乎一直是个瘦子。

从刚怀孕到产前产后，体重的变化如下：

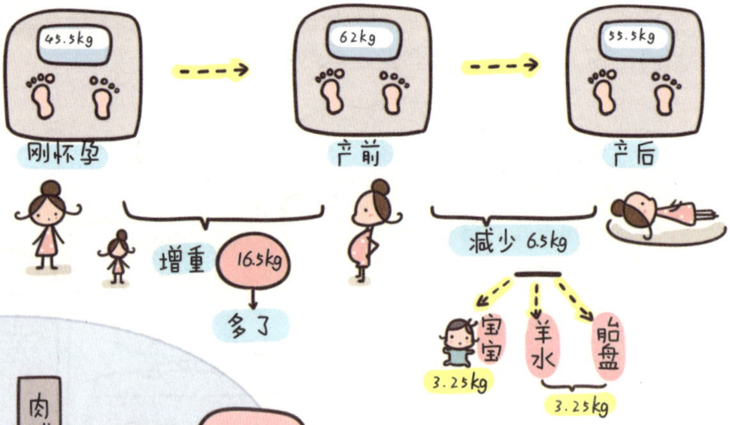

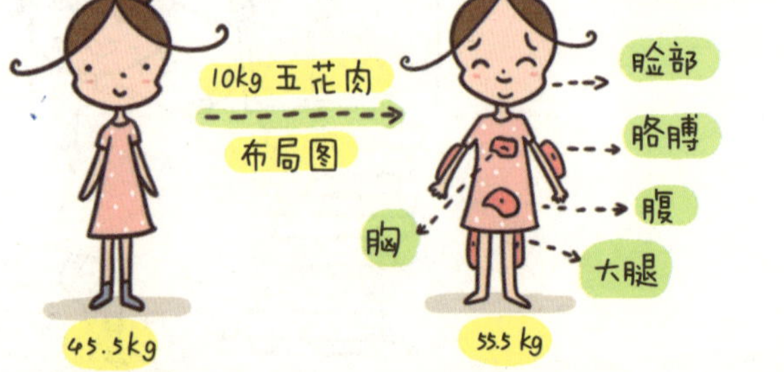

长胖之后，我好像也默默接受了这个现实，没怎么想过减肥的事。事实上是，那时正处于育儿的水深火热之中，根本无暇顾及身上多出来的这10kg肉。

那时悠宝刚出生没多久，正值哺乳期，一心想着的都是悠宝的各种喂养问题，对外貌不是那么在意，什么苗条啦漂亮啦文艺少女心啦，全都暂时搁置一边，只有极个别闲暇时间才会哀叹一下我那还没有消肿的肚子。

可以说，产后初期我给自己定下的唯一重任就是：产奶！

“奶牛”的日常生活

狂喝汤产奶

产奶后补充能量

因为喂夜奶，几乎每个早晨起床之后都是如下情形：

每个美好的早晨，“奶牛”都是在一顿足量的早餐中开启的。

就这样过了半年多，育儿渐渐进入稳定状态，无意中发现自己好像比刚生完宝宝时瘦了一点儿。

悠宝11个月的时候，新妈妈最忙乱的时光对我来说算是过去了。大概是努力喂母乳的缘故吧，我的体重没有增长，居然还减轻了几斤。我决定开始注意运动和饮食，尝试减肥。

一直喜欢练瑜伽，见缝插针练一下。

团了张健身卡，有空就去“集训”一下。

在家也随时找运动的机会。

带悠宝出去观光遛弯也是个很不错的运动方法。

推车带宝宝出来玩时也可以顺便带上瑜伽垫和游戏垫。

除了运动之外，我在饮食上没有刻意节食，因为喂宝宝还是需要很多热量的，只是油腻的会注意少吃，各种高热量不健康的食品，也是尽量少吃或者不吃。

母乳喂养的过程中还发现一件有趣的事，就是自己掉了几斤肉，悠宝就增长了几斤肉，我的热量好像真的都变成母乳转化到他身上去了，这大概是个巧合。

就这样，在悠宝一岁两个月的时候，我的体重恢复到跟孕前差不多。不过，每个妈妈的体质和状况都不同，不用过于心急，只要注意饮食和运动，体重都会慢慢减轻。

关于产后减肥

减肥有个过程，不能操之过急，尤其是月子里的产妇，不能减肥，可以根据自身条件适量进行温和的运动。如果是母乳喂养，建议在孩子出生8～12周之后再开始尝试瘦身运动。

坐月子进补时，注意营养的合理搭配，并非吃得越多宝宝就能得到更多的营养，避免大吃大喝盲目进补，否则会增加脂肪。

饮食上要注意荤素搭配，不要偏食荤腥肉类，少吃油腻食物、碳酸饮料、高热量的零食甜品、动物内脏、花生酱和沙拉酱等。多食用水果蔬菜，尽量以清淡为主。

可以选择一项自己喜爱的运动项目，比如快步走、跑步、瑜伽、跳舞等，每天保证一定的运动量，坚持下来。

产后妈妈多在家照顾宝宝，趁宝宝睡觉时，也可以跟着网上的健身视频或者DVD来健身，见缝插针地增加运动量。

减肥以合理控制饮食、增加运动量等自然方法为主。吃减肥药、喝减肥茶对身体无益，尤其对喂母乳的妈妈更是不可取。

坐在爸爸胸前旅行

悠宝出生 9 个月零 22 天

悠宝 9 个月，第一次跟爸爸妈妈出远门旅行。坐在爸爸胸前观光、睡觉、拉便便，那感觉，实在是自在舒服。虽然他还很小，但我觉得只要有机会，还是可以多带他出来看看世界。婴儿也会有他自己的感受力，说不定比我们还要更加细腻和敏锐。周围不断变换的画面和声响在他小小的心灵里一定会留下痕迹。

用头撞墙的悠宝

悠宝出生 10 个月零 2 天

悠宝10个月大了，最近多了个行为，喜欢用头去撞墙。有一次，差点儿撞到了墙角棱儿，着实吓了我一跳。

说实话，悠宝的喂养是很正常的，我和家人也很重视他的个性发展，跟他交流各方面也很尊重他，所以出现偏激的可能性不大。

我记得比悠宝大一岁的小外甥在这个年龄段也曾经出现过这个问题，那时还以为他有点儿不正常，可是过了那段时间后就没有这种行为了。有了小外甥之前的行为做参考，我感觉淡定了好多。

果然，过了没多久，他就不再去做头撞墙的尝试了。我想，应该是他觉得好玩儿，多了一种身体上的体验，是长大了，对外在世界的小小探索吧。也许是头撞墙时发出的声音，或者大人的惊呼声，让他觉得有趣。

不过，在宝宝撞墙的时候，我们最好不要觉得奇怪就去厉声责怪他，或者觉得好玩儿哈哈大笑。前者有些粗暴，会让他不明白是为了什么而批评他，让他心里很委屈；后者则可能让他觉得自己的行为受到了激励，会更加起劲儿地撞。

可以轻声告诉宝宝，这样子撞墙额头会疼，然后皱皱眉头表示妈妈有一点儿不高兴。他自己体验过之后知道疼，慢慢也就不会再做这种尝试了。如果宝宝除了头撞墙之外还有其他身体上的不适的反应，妈妈们就要多加观察再做出判断了。

到底用不用学步车

悠宝出生 10 个月零 12 天

记得我小的时候，就看到过别的宝宝用学步车。那时的学步车还没现在那么精致，上面是个简单的塑料盘，下面是一个金属圈，那些还没学会独自走路的婴儿站在里面，慢慢向前挪步，车子就跟着滑行起来。

从我记事起到我成为妈妈这些年，我一直不间断地看到婴儿们在坐学步车的情景。所不同的是，学步车的样式和功能越来越丰富，所以潜移默化地，我总感觉学步车是婴儿成长过程中一定要使用的物品。

悠宝长到了 10 个月大，爬得比之前快了不少，只不过还是喜欢在地上匍匐前进，腿还没有跪立着爬。能抓着婴儿床的床栏一下子站立起来，也可以什么都不扶稍微站片刻。

随着悠宝渐渐长大，本领也越来越多，除了不会自己走路之外，他已经长成了一个能翻能滚能爬能站，活泼好动的婴儿，比起他更小的时候，我需要花更多的精力来关注他。

特别忙的时刻，我还幻想能发明一款安装在墙上的壁挂式婴儿座椅，忙累的时候就把小子往里面一塞，他就必须乖乖坐着了。

后来发现，还真有类似的发明，不过是放在厕所里的。

所以，在悠宝10个月的时候，我也从网上选购了一款学步车给他。

刚坐进新学步车里的悠宝有点儿惊恐，又有点儿兴奋，不过很快就适应了。从此之后，悠宝就开始驾驶他人生中的第一辆“小车”。

无证驾驶的婴儿，在家横冲直撞。

刚开始的时候，学步车的使用确实给我们带来了一些方便和乐趣。

家里的“独滑大侠”

那时，无意中听说学步车对宝宝发育存在一些副作用，还会因为滑速过快发生危险和意外。这时，才开始慎重去思考用学步车到底有哪些弊端。

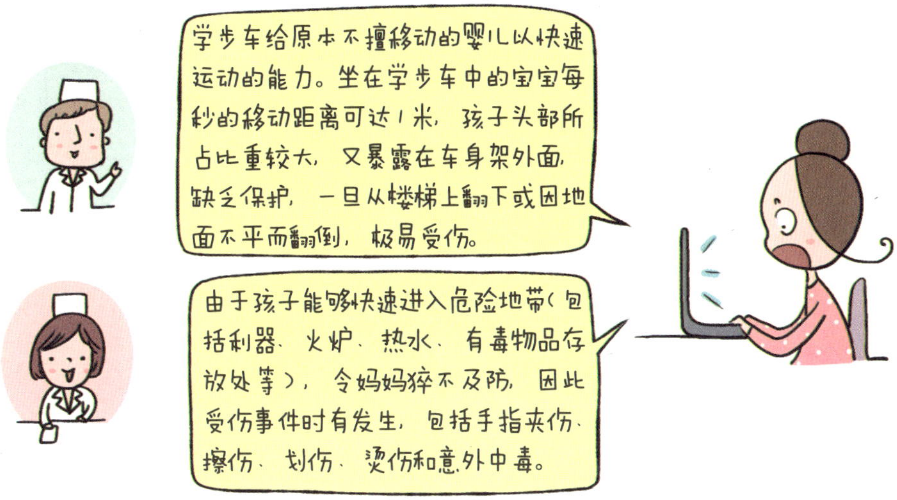

在这之前，就真的从来不知道使用学步车原来有这么多问题。于是，果断停用。悠宝整个使用时间为一个月多点儿，跟很多孩子相比，他算是幸运的了。据说，有的宝宝五六个月就被放到了学步车里，对发育的负面影响极大。

悠宝虽然只使用了一个多月，但是我也发觉这一个多月的“滑行”经历在某种程度上还是对他产生了一定的负面影响。他10个月可以自己站立片刻，12个月时可以牵着妈妈的小拇指自己行走，但他始终对自己需要独立行走这件事很抗拒，特别怕自己跌倒，一直到15个月时才正式迈开独立行走的第一步。

12 个月

15 个月零 3 天

其实，跟我的想法一样，妈妈们购买学步车的一个重要原因是为了给自己减轻负担，让自己在忙碌的育儿生涯中挤出一些时间。我觉得下面的这个方法也很实用，既可以让妈妈们短暂离开，又不影响宝宝学习爬行和站立，还能保证他们得到足够的锻炼。

跟朋友学到的方法

安全围栏

优点： 宝宝可以在里面自由爬行。可以扶栅栏练习站立。
封闭区域相对安全。里面放置玩具，成为宝宝的游戏区。

注意： 离开时检查栅栏门是否封闭。
不要放有尖角的玩具。

过早使用学步车的弊端

1. 存在安全隐患。学步车使得原本不擅移动、不知危险的婴儿可以快速移动，很容易发生各种伤害事件。英国曾有研究数据显示，婴儿用学步车时发生的伤害事故的概率远高于用其他婴儿用品发生事故的概率。

2. 研究显示：较多使用学步车的孩子智力发育测验方面的分数低于没有使用过学步车的孩子。孩子是通过接触、抓握、敲敲打打、扔等学习认识物体，自由的探索有助于孩子智力的发展，学步车在某种程度上会限制孩子这些方面的探索。

3. 学步车的坐垫较高，婴儿有时只能用脚尖触地滑行，所以前行时，经常是脚尖用力，容易使足关节变形，脚后跟外翻，导致扁平足。过早使用学步车不仅不能促进婴儿的运动发育，还可能会导致婴儿运动发育迟缓。

4. 宝宝1周岁后可以适当使用学步车，但是必须有成人在旁边进行监护并协助控制速度，适当并少量地正确使用。过早使用学步车会对宝宝脊柱产生不良的影响，且会让孩子跳过“学习爬”的阶段，不可取。

第一颗乳牙

悠宝出生 10 个月零 16 天

这两天，悠宝的情绪不太好，很容易烦躁，尤其是前天的表现，都急得跳脚啦！

我猜测了几种原因：天气开始变炎热，轻微腹泻不舒服，口水很多准备出牙。

果然，今天在悠宝的上牙龈看到了萌出的白色乳牙，摸起来硬硬的，能确定是第一颗萌出的牙齿，这应该是他前两天烦躁的主要原因。

10个多月，萌出第一颗牙齿，悠宝从此之后迈入了人生新阶段。

悠宝的乳牙萌出算是比较晚的，一个朋友的宝宝4个月就长乳牙了，6个月或8个月长乳牙的宝宝大有人在。

4个多月就萌牙"先进模范"　　10个月还不屑萌牙的孤傲婴儿

我那时也曾一度怀疑这小子是不是缺钙。

于是，围绕您宝出牙迟的问题，我又查阅了一些育儿资料。

也有的父母跟我一样看到宝宝10个月还没有出牙就怀疑是缺钙，有的甚至赶紧给宝宝增加钙粉、鱼肝油甚至注射钙剂，反而对宝宝的发育可能产生不良影响呢。

如果宝宝出牙迟，像悠宝一样，10个月都还没有出牙，这时不要太过焦急，更不能根据自己的猜测随意给宝宝补充钙剂。只要喂养得当，辅食添加合理，正常补充维生素D，宝宝户外活动多，经常晒太阳，又没有其他异常表现，就没关系。如果宝宝1岁时还未出牙，可以去咨询下医生，问问意见后再做决定。

除了出牙晚之外，还有件事，就是悠宝的出牙顺序也不合常规。正常的萌牙顺序是先萌出两颗下乳切牙，他却是先萌出一颗上乳切牙。

是啊，每个宝宝在发育过程中都有他的特异性吧，可是，每个妈妈都有一个共性——那就是太爱担心了……

看了这些资料之后，我比之前淡定了很多。只要宝宝喂养正常，营养充足，睡眠佳，情绪好，一切就都不是问题。

宝宝出牙时的征兆和表现

1. 口水较多。出牙时，宝宝口腔的唾液分泌会增多，但由于吞咽能力还不完善，所以，一部分唾液就会溢出，形成流口水现象。

2. 啃咬硬物。出牙期间，宝宝会感到牙龈痒痒，不舒服，喜欢啃咬玩具等硬物来减缓牙龈的不适。

3. 易烦躁、哭闹。出牙时的不适感也会使得宝宝吃不好、睡不香、容易烦躁、脾气火暴。

4. 发低烧。还有一部分宝宝在出牙时会出现发低烧的现象。

出乳牙顺序图

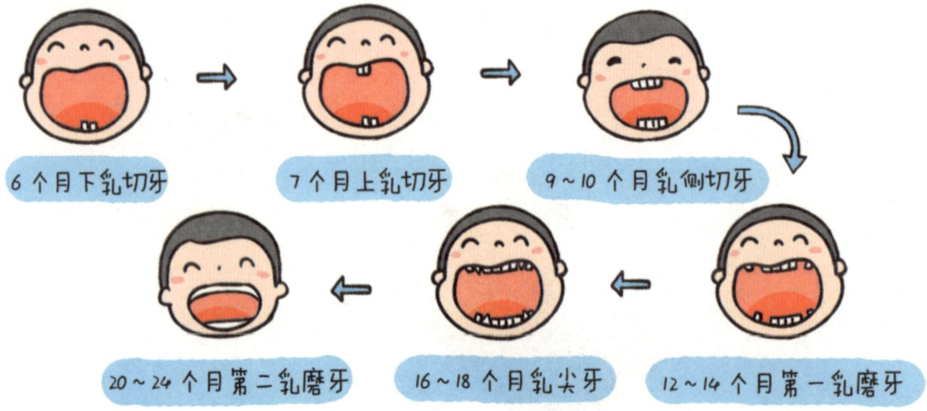

如何照顾出牙期的宝宝

1. 按摩及冰镇牙龈。妈妈可以戴上指套或用湿润的纱布巾帮宝宝按摩牙龈，也可以将牙胶冰镇后给宝宝磨牙用。这样做可以帮助宝宝缓解出牙时的不适，促进乳牙萌出。

2. 给宝宝吃磨牙食品。当宝宝因为出牙不适而喜欢啃咬东西时，妈妈可以准备一些磨牙饼干、磨牙棒、牙胶，还可以制作一些手指粗细的胡萝卜条或苹果条，让宝宝啃咬。这些磨牙食物既能为宝宝提供营养，还能锻炼咀嚼能力。

3. 保持宝宝牙龈清洁。每次给宝宝吃完辅食后，可以再喂几口白开水，冲洗口中的食物残渣。妈妈还可以将干净的纱布打湿后帮宝宝擦拭牙龈。从宝宝萌出第一颗乳牙后，就可以每天帮宝宝清洁牙齿了。

4. 加强宝宝营养。可以给宝宝多吃鱼、肉、鸡蛋、虾皮、豆制品、水果和蔬菜，这些食物都有利于乳牙的萌出和生长。

5. 多带宝宝去户外晒太阳。多晒太阳，可以增强免疫力。人体皮肤中的7-脱氢胆固醇经紫外线照射能转变为维生素D_3，促进钙的吸收，帮助坚固牙齿。

悠宝的“家庭早教”

悠宝出生 11 个月零 20 天

在悠宝出生之前，我和鹿仔也有过培养神童的梦想，在悠宝还没出生时就买了各种书。

也被看到的各种案例激励着，很想从宝宝一出生就开始“特训”。

不过梦想是美好的，过程是烦琐的。生了悠宝之后，每天各种忙碌，难得的空闲时间也只想好好休息一下，所以并没有像我之前想象的那样认真对悠宝进行各种智力开发和训练。

这是悠宝不到10个月的时候，我给他像模像样地制订的当日生活计划，可以概括他平时接受的认知内容。其实有的就只是写写而已。

尽管如此，悠宝的婴儿时期，我和鹿仔还是尽力给他安排了一些认知活动。大概内容如下：听音乐，看绘本，认卡片，说儿歌看动画，听古诗和诗歌，听我讲解各种物品和现象。

关于听音乐，人们普遍认为音乐对宝宝的心智发展有益，我也给悠宝陆续听了一些音乐。一个是网上下载的各种音乐，包括儿歌、古典音乐等。我还买了个录音机，放儿歌磁带给他听。用磁带主要是感觉比较方便。

可以坐了之后，悠宝的日常生活又多了一项内容：看动画听儿歌。有一次在电脑上搜儿歌时，我发现有的儿歌配有可爱的小动画，所以悠宝会坐之后我就适当给他看一点儿，不过每次时间都很短。这是他非常喜爱的小活动。

我和鹿仔为悠宝买了一些卡片，悠宝小的时候是看黑白大卡，再大一点儿就给他看一些彩色的图卡，再有就是带有各种图案的小卡片，教他学习辨别认知。

因为我怀孕时看过一些育儿书籍，提倡给宝宝多读绘本，所以在他可以坐立之后，我也开始给他读一些绘本故事。

受传统做法的影响，我和悠宝的姥姥有时也会给他读一点儿唐诗和儿歌。虽然不指望他记住多少，但这种朗朗上口的文字表达也许会在他心里留下一点儿痕迹吧。

读唐诗儿歌

其实上面那些是多数妈妈都会做的，我们没有那么多精力去培养神童，但还是会利用有限的时间想办法给宝宝增加一些认知。因为婴儿的日常生活除了吃喝拉撒睡玩之外还有大把空白的时间，妈妈们可以想法去填补一下。

我想，我对悠宝基本上没做什么特别的早教。要说唯一的一点，应该就是跟他说的比较多，带他指认物品，讲解各种实物的名称、功能和特点。

教他认知

这点其实是跟刘亦婷的妈妈学习的，书中提到，孩子一生下来就在主动接受各种各样的信息，多多给孩子输入有效信息，可以刺激大脑神经的发育。

具体做法就是：给宝宝描述各种他见到的物品。比如在家里看到的家用电器和各种物件，告诉宝宝这是什么。悠宝几个月大的时候，我就抱着他去指认家里的东西。

带他到外面玩耍遛弯时，见到各种动植物、汽车、建筑物等，我都会指认给他，并根据自己的认知详细地给悠宝描述它们的功能、性状。

其实，每天跟宝宝说说话，给他输入一些信息，也并不算是很耗神的事。把自己见到的描述给他，指给他看，宝宝应该会知道妈妈在跟他交流吧。

所以，这个方法我推荐给新爸妈们。多跟宝宝说话交流，激发宝宝对周围环境和物品的兴趣，让婴儿们的生活丰富一点儿哦。

其实，爸爸妈妈们不必给自己太多压力，放些音乐，看几张图片，带宝宝一起读绘本故事，带宝宝出去散步时讲讲看到的各种物品和现象，都是一种“早教”，在轻松的心情下就可以进行。

宝宝的家庭早期教育

如何展开对宝宝的早期教育

多跟宝宝交流。即使是襁褓中的婴儿，也喜欢妈妈多跟自己说话，虽然他还不能做出回应。待宝宝稍大点儿之后，可以增加这种交流。带宝宝指认物品，用语言细致地描述他所见到的各种东西，这样有助于提高宝宝的认知和理解能力。

多跟宝宝进行亲子小游戏的互动。比如握握手、拍拍掌、摇摇拨浪鼓小铃铛，让宝宝跟妈妈一起来。有一些专门讲如何进行亲子游戏的书可以做参考。

看卡片。为了促进宝宝的视觉发展，妈妈可以买一些卡片给宝宝看。新生儿时期宝宝只能辨别出黑白色，可以选择黑白大卡。大点儿之后就可以选择色彩鲜艳的图卡供宝宝认知。

读绘本。从婴儿时期就接触绘本对宝宝的智能发展以及亲子关系的维护都极有益处。婴儿时期，可以为宝宝选择布书或者洗澡书来阅读和玩耍。

可以为宝宝选择一些发声玩具，也可以用录音机、CD等为宝宝播放一些轻柔或者欢快的乐曲或儿歌，促进他们听觉感知的发育。但是时间不宜过长，不宜戴耳机，也不宜听立体声。

可以多给宝宝一些抚触和拥抱，增加肢体上的接触和互动。还可以为宝宝选择不同材质的玩具或物体，让他们去触摸和感知。

不要过于刻意，不要强迫宝宝，不要随意打断宝宝玩耍。

抓周啦

悠宝 1 周岁

今天是悠宝 1 周岁生日，我准备了一套木质的古代抓周乐给他。悠宝最后抓到了其中的“仓颉简”，就是古代的书简，代表的含意是“学识渊博，前途无量”。听我父亲说，我小时候抓周抓到的是笔，所以我现在特别喜欢写写画画。有时我也有些好奇，是不是抓周抓到的东西真的对未来的人生有寓意呢？不过不管怎样，多读书是我认为非常重要的一件事。即将步入人生中的第二个年轮，悠宝，继续加油哦！

喂饭这件严肃的事

悠宝出生 12 个月零 22 天

自从悠宝吃了辅食又慢慢可以吃更多饭菜之后，为了他吃饭的事，我也算是伤透了脑筋，后来索性为他制作了一张宝宝食谱贴在餐桌旁的白板上。

可悠宝并不是一个吃起饭来特别让人省心的孩子，给他精心准备的食物他总是不好好吃，我和奶奶都有点儿担心。

有一次，悠宝坐在餐椅上吃饭的时候玩具抓在手里没放下，奶奶发现，那顿饭他吃得比平时多，也好喂很多。

发现拿玩具给他玩可以提升喂饭质量之后，我和奶奶都很兴奋，感觉我们找到了最新的喂饭方式。从此之后，每次悠宝吃饭时我们都会拿个他感兴趣的玩具给他。

趁悠宝玩玩具的时候，奶奶则快马加鞭地往他嘴里大口大口地填食物。整顿饭的效率还挺高的，一会儿就喂完了一大碗。

除了边玩玩具边吃之外，有的时候，我还会在悠宝吃饭的时候放他最爱听的儿歌。他听得高兴起来还会随着节奏边吃边点头。

喂饭时，我们心里想的都是想尽办法让他吃得更多一些，生怕他吃少了或吃得不好会营养不良，压根儿没有注意到我们这种喂养方法是否得当。跟朋友交流时发现她们也会有相似的困惑。

悠宝再长大一点儿之后，又有了新花样，开始喜欢边听故事边吃饭。

有时吃饭不乖，就给他讲件事情或者故事，发现他立马就安静下来专心听我们讲了。于是又发明了这个新方法。

随着悠宝长大，这种吃饭时一定要边吃边玩的习惯带来的副作用越来越明显。他吃饭时非常不专心，也不愿意自己吃，喜欢被喂食，这样他自己好腾出空儿来玩玩具，听故事。我和奶奶开始觉得伤脑筋起来。

这时，同龄的小朋友，有的已经自己吃得很棒了。跟朋友一起出去吃饭，看到人家的宝宝已经完全可以自己乖乖坐住主动吃饭，虽然吃得还不够好，可是那个小模样真是可爱极了。相比悠宝这种边吃边玩还要人喂的吃饭习惯，我真的会觉得特别失败。

我这时才意识到我和奶奶当初给他喂饭的时候存在很多误区，无形中已经犯了那么多错误。

一直到他更大些我才明白过来，虽然是婴儿，喂饭的规矩依然要有，而且非常重要。

我想，如果还有机会从头开始，我一定会注意纠正他的饮食习惯，而不是像之前那样为了让他多吃点儿不惜用上各种方法，要从他还是个小婴儿的时候就给他培养良好的饮食习惯，打个好基础。

对宝宝来说，良好的饮食习惯真的非常重要。当宝宝长大了跟大人们一桌吃饭时，我们就会知道，自己乖乖专心吃饭的孩子多么省心啊。

吃饭要人喂不专心麻烦组　　自己乖乖吃饭吃饱省心组

说实话，到两三岁甚至更晚才意识到这点再进行纠正的话真的难多了，这完全是我的切身体验。任何习惯的养成都是越早越好，所以，妈妈们一定要引以为戒啊！

如何给宝宝养成良好的进食习惯

1. 给宝宝安排在固定的时间和地点吃饭，让宝宝的进食有规律性。并且进食的时间尽量控制在30分钟以内。可以把宝宝的餐椅放在大人的餐桌旁，让宝宝与大人一同进餐。

2. 为宝宝创造安静专心的进餐氛围。吃饭时间一到，就关上电视，拿走玩具，绝对不可以边看动画片或者边玩玩具边吃饭。吃饭的时候也不放儿歌乐曲或者讲故事，让宝宝明白吃饭是一件需要专心去对待的事。

3. 鼓励宝宝自己动手。宝宝稍大一点儿之后，就可以鼓励他自己用手或者勺子来进食。这样不仅可以尽早培养宝宝独立进食的能力，让他的注意力集中，不会边吃边玩，还能帮助促进手眼协调动作的发展。

4. 不要强迫喂食。如果宝宝不喜欢吃，可以想办法，比如使用可爱造型的餐具，改变饭菜的花样和口味等，而不是强迫宝宝进食。

宝宝的鞋子一定要合脚

悠宝出生 14 个月零 9 天

进入学步期之后，悠宝开始蹒跚学步，身体的重心都落在了脚上，给他选双合适的鞋子非常重要。

网购虽然方便，但鞋子的质地和大小都不够直观，所以我决定和鹿仔一起带他去店里买。

因为这是家专营童鞋的店，童鞋的品种很多，所以店员们都很专业。她们熟练地给悠宝量了下脚的长度，推荐了两款童鞋。

就这样，您宝穿着他的新鞋子，继续学步生涯。从要牵着手指到独立自主行走，柔软合脚的鞋子扮演着很重要的角色呢！

在这里，我还要讲另一个发生在悠宝一岁四五个月时的小故事。在他可以独自走路之后，我和奶奶分别给他买过一双鞋。

结果，奶奶买的那双运动鞋尺码偏大了，我买的那双帅气的牛皮系带鞋鞋底质地偏硬了一些。

这时悠宝已经16个月大，可他的脚还是婴儿的小脚丫，特别娇嫩，鞋子的大小和质地是很重要的，我们给忽略了，这两双鞋给他穿了好一阵子。

直到有一天，我带他从外面散步回来，他忽然说脚疼。

这个时候，我才意识到，他最近常穿的那双有些硬的皮鞋和那双偏大的运动鞋对他的小脚丫造成了一些损伤，还好那时他已经会简单表达自己的想法了。

因此，无论是刚刚进入学步期还是已经会走路的婴儿，选一双合脚的鞋子都是极为重要的。不建议为了穿久一点儿选偏大的鞋子，宝宝穿起来不跟脚会走路不便。更不建议仅仅根据外形好看与否来选鞋子，质地柔软舒适才是对宝宝最重要的。

如何挑选学步鞋

1. 买学步鞋尺寸非常重要。一般而言，学步鞋适宜的大小应该是鞋长于宝宝大脚趾12～16mm，宽度是所有脚趾平躺的宽度。

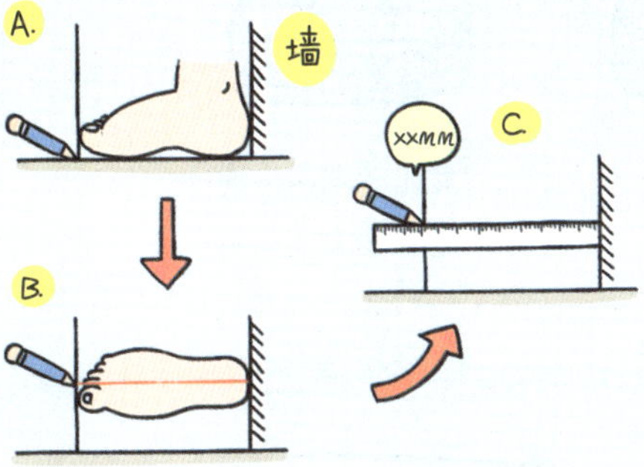

2. 学步鞋面料要柔软，质地要牢固。可以选择布面或者软羊皮、软牛皮等材质，牛筋底柔软又有弹性，不仅舒适而且安全。硬底的鞋不但穿着不舒服，还会妨碍小脚丫的正常发育。

3. 宝宝宜穿宽头鞋，以免脚趾在鞋中相互挤压影响发育。鞋子最好用搭扣，不用鞋带，这样穿脱方便，又不会因鞋带散开而踩上摔跤。尽量不要选择有跟和造型奇怪的鞋子，宝宝的骨骼、关节都很柔软，不合适的鞋型会压迫宝宝的脚，从而导致脚部变形。

4. 定期更换鞋子。在4岁之前，小脚丫会以平均每年长1厘米的速度飞快增长。因此每3个月要为宝宝测量一次脚的尺寸，或是按压鞋的前部，如果宝宝的脚指头顶到鞋尖了，那就意味着这双鞋该“下岗”了。

小小马桶圈

悠宝出生 16 个月零 6 天

其实宝宝在准备便便时表情变化还是挺明显的，悠宝 7 个多月的时候，我们就是通过表情变化发现了他便便的秘密。

正常状态

突然凝神，开始发功

发出嗯嗯声，集聚肠道力量，努力挤出便便

根据他的排便规律，每当捕捉到他开始有凝神发功倾向时，我们就赶快把他抱起来，在便盆上方给他把便便。

再后来，鹿仔给悠宝买了个小马桶圈。可以搭在家里的马桶上面。

宝宝便便后就可以直接冲掉，很方便。

从此之后，只要悠宝一发出信号，离他最近的人就立马抱着他往厕所冲。

这个小马桶圈一直用到悠宝开始自己走路，减少了清洗便盆的环节，非常实用。

悠宝16个月大的时候，走路已经很自如了。有时怕他穿纸尿裤难受，就只给他穿着开裆裤。这个时期，他学会了随时蹲下嘘嘘或便便。

独自远去的小背影

有时候，我正在忙，到客厅时会突然发现地板上多了一坨便便或是尿迹。跟我以前养的罗威纳犬小巴顿刚来家里时的情景一模一样。

后来，我在网上给悠宝买了一个绿色的坐靠式小便盆。

接下来，就是各种引导和示范，我感觉比训练狗狗略难。

就这样，我想尽各种办法，终于顺利培养了悠宝自己去便盆上便便的习惯，只是他便便时一定会喊上我!

如何教宝宝学习使用便盆

1. 宝宝已经能够行走，并且乐意自己坐下。

2. 能够理解并听从简单的指令。

3. 想要便便或者嘘嘘时会有一些明显的表情，父母可以捕捉到规律。

4. 白天能保持至少两个小时不尿湿尿片，或者小睡醒来的时候不会尿湿尿片。

5. 喜欢保持尿布干燥，尿布湿了会自己告诉父母。

6. 喜欢模仿父母或其他家庭成员的行为。

家长需要注意的问题

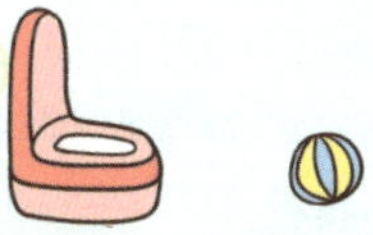

1. 刚开始对宝宝进行如厕训练，一定会遇到一些问题，每个宝宝都有他的特异性。如厕训练也不是一蹴而就的事，爸爸妈妈要有耐心，正确对待挫败感，对待宝宝的失败不要过多地责备甚至急躁发火，应该更多地鼓励。

2. 新习惯的养成其实不仅仅是在训练宝宝，更多的是在考验父母的耐心、坚持还有智慧。如果训练已经开始了，就想办法让自己和宝宝一起坚持下去，不要半途而废。及时地鼓励是帮助宝宝尽快学会如厕的有效方法。

教宝宝如厕的小技巧

1. 为宝宝准备一个有可爱图案或造型的小马桶，告诉宝宝这是他专有的便盆。

2. 细心观察宝宝的排便规律。比如喝水多久之后会小便，每天大概什么时候会大便，想要大便时会不会有表情或者语言上的提示。瞅准合适的时机带宝宝来他自己的便盆上如厕。

3. 利用宝宝爱模仿的特点，可以给他看小朋友自己坐便盆的图片或者视频，还有专门讲小宝宝自己上厕所的绘本故事书。

4. 爸爸妈妈上厕所时可以给他示范动作并解释，想要嘘嘘或者便便了应该坐到自己的便盆上。

5. 在宝宝懂得并愿意坐到便盆上，顺利如厕后，可以给予奖励，比如他很爱的糖果或零食，让他知道这是一个很棒的进步，愿意坚持下去。

6. 妈妈可以陪在宝宝身边，鼓励他顺利完成如厕的过程，解除宝宝对便盆的恐惧感。

家庭常备小药箱

建议妈妈们为宝宝准备一个小药箱，用来存放宝宝常用的药物。可用普通的储物箱，也可以购买专门的小药箱。

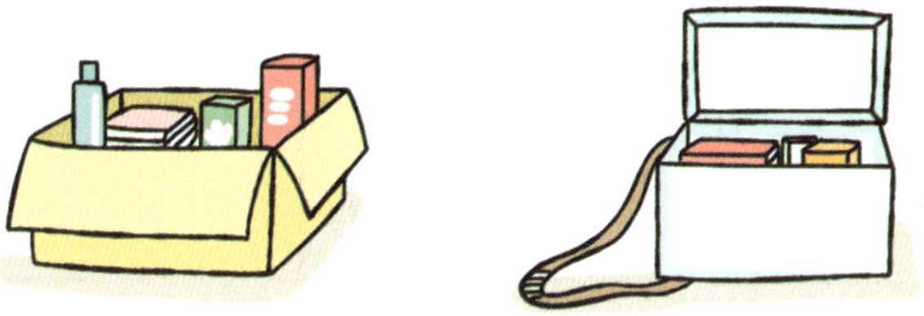

常备医用物件

家庭常备药物

解热镇痛药物	对乙酰氨基酚（即扑热息痛），布洛芬。
止腹泻药物	微生态制剂（如妈咪爱），蒙脱石散，口服补液盐。
导泻药物	开塞露（外用）。
皮肤外用药	鞣酸软膏（外用，治疗尿布疹），红霉素眼膏（外用抗菌），10g:10mg 丁酸氢化可的松软膏（激素类软膏，外用治疗湿疹）。
其他可备药物	王氏保赤丸，猴枣散或保婴丹。

宝宝家庭常备药物

药名	药物功效	具体用法	提示
对乙酰氨基酚混悬滴剂	即扑热息痛，用于儿童普通感冒或流行性感冒引起的发热，也用于缓解轻至中度疼痛。	（具体使用方法参见药物说明，或遵医嘱）	服用方法和保存方法以及副作用，具体请参见药物说明。
布洛芬混悬液	用于儿童普通感冒或流行性感冒引起的发热。也用于缓解儿童轻至中度疼痛。	（具体使用方法参见药物说明，或遵医嘱）	服用方法和保存方法以及副作用，具体请参见药物说明。
妈咪爱颗粒冲剂	本品适用于因肠道菌群失调引起的腹泻、便秘、胀气、消化不良等。	（具体使用方法参见药物说明，或遵医嘱）	服用方法和保存方法以及副作用，具体请参见药物说明。
思密达（蒙脱石散）	对病毒、细菌及病菌毒素有较强的吸附能力，对稀便尤其是水样便有较好的治疗效果。宝宝发生腹泻时，可作为辅助治疗药物。	（具体使用方法参见药物说明，或遵医嘱）	服用方法和保存方法以及副作用，具体请参见药物说明。
口服补液盐	口服补液盐（ORS）是世界卫生组织推荐的治疗急性腹泻脱水具有明显疗效的药物，对急性腹泻脱水疗效显著。	（具体使用方法参见药物说明，或遵医嘱）	服用方法和保存方法以及副作用，具体请参见药物说明。
开塞露	用于小儿及年老体弱者便秘的治疗。能润滑并刺激肠壁，软化大便，使易于排出。	（具体使用方法参见药物说明，或遵医嘱）	服用方法和保存方法以及副作用，具体请参见药物说明。
鞣酸软膏	能沉淀蛋白质，具有收敛作用，保护黏膜，并有防止细菌感染的作用。常用于新生儿尿布疹、湿疹的辅助治疗。	局部涂搽，每日2~3次。（具体使用方法参见药物说明，或遵医嘱）	服用方法和保存方法以及副作用，具体请参见药物说明。

P.S.：本表格仅供妈妈们方便参考药性，任何关于药品使用的建议都不能替代医嘱。具体服用方法还请谨遵医嘱。

注意安全用药

药物的保存和检查

- 药物要放在宝宝不能拿到的地方，这点尤其重要。
- 药物的外包装标签和使用说明请保存完整，方便使用时做参考。
- 各类药物请注意保存方法，如酒精、碘伏类制剂需要密封保存，微生态制剂和疫苗需要冷藏保存，糖浆和水剂开封后注意是否需要冷藏保存。一般应存放在避光、干燥、阴凉处。

药物的安全使用方法

1. 用药时，一定要仔细核对药物名称并检查是否在保质期以内，确认后才可给宝宝服用。

2. 同时，需要了解药物的副作用，患有某种疾病的病人是否可以服用。

3. 要了解清楚是否可以同其他药物一起服用，是否可以跟其他食物一起吃。

4. 不同的药物剂型、服用量各不相同，比如片剂和滴剂，需要多加注意，做到准确用药。

宝宝急救之消化道异物

在宝宝可能遭遇的各种潜在危险中，消化道异物是极其常见的类型。如果宝宝只是异物轻微卡喉咙，表现为咳嗽，还在哭泣，我们可以轻拍后背。如果宝宝卡喉严重，比如突然不发声了，表现出难受或惊恐的表情，这时必须采取一些急救措施。

1. 拍背法

将宝宝骑跨并俯卧在急救者的胳臂上，让宝宝头朝下，头低于身体，手握住宝宝下颌固定住头部，然后用另一手的掌根部用力拍击宝宝两肩胛骨之间的背部4~6次。

2. 胸部手指猛击法

让宝宝仰卧，抱持于急救者的手臂中，让宝宝的头略低于身体。也可以躺卧在坚硬的地面或床板上。急救者用两手指按压两乳头连线与胸骨中线交界点下一横指处4~6次。必要时可与拍背法交替使用，直至异物排出或宝宝恢复知觉。

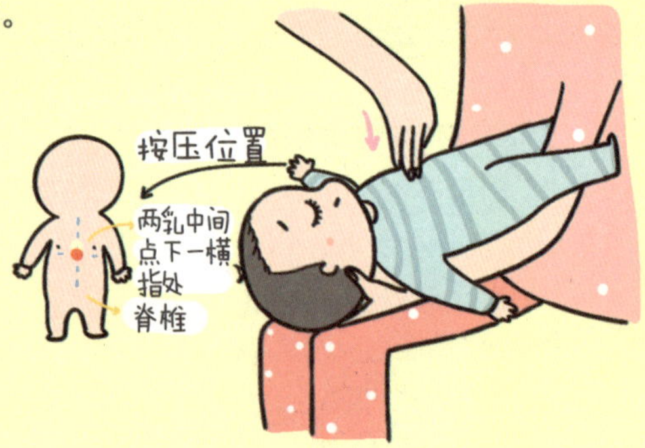

3. 哈姆力克急救法

取立位或坐位，急救者站于宝宝身后，用双臂环抱住宝宝的腰部。一手握拳以拇指侧抵住宝宝的腹部，另一手紧握该拳，并用力快速向内、向上冲压6~8次，帮助宝宝咳嗽，驱出异物。注意施力方向，防止宝宝的胸部和腹内脏器受到损伤。

4. 注意事项

①切勿盲目用手指去抠宝宝喉中的异物，那样做有可能会将异物推入气道内，造成进一步的损伤。

②宝宝消化道异物的黄金抢救时间为5分钟，可以在家庭急救的同时尽快拨打急救电话求助。

③如果异物经手法已经排出，但是宝宝依旧没有反应，要尽快对宝宝采取人工呼吸等心肺复苏措施。

④要做到防患于未然。教导宝宝不吞食小物件，不含着食物跑动，也不要在宝宝吃食物时逗他笑。不要给宝宝喂食果冻、整粒花生、玉米粒等易引起异物窒息的食物。

宝宝急救之烫伤

1. 冷水冲洗浸泡伤处

烫伤后，应立即用流水冲洗。

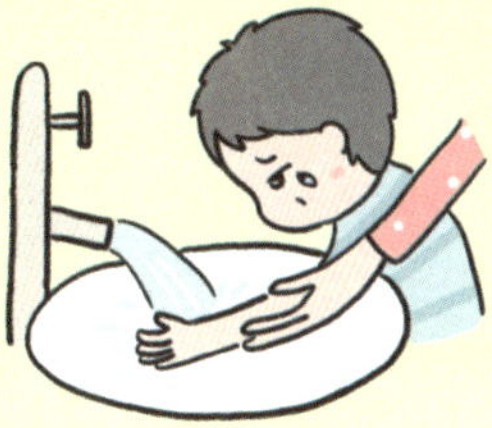

2. 及时剪掉衣物

同时，及时剪掉宝宝身上的衣物，将烫伤的危害降到最低点。注意，衣物不能硬脱，以防加重皮肤的损伤，可以把烫伤部位周围的衣服小心剪掉。

3. 毛巾冷敷

对于不易冲洗的部位，可以选择用凉毛巾进行冷敷。

4. 不要随意使用偏方

创面不要随便涂抹所谓的偏方，比如牙膏、酱油等，这样做既会影响医生对病情的判断，又会造成创面的感染。

5. 视情况及时送医院

除了轻微的烫伤，其他烫伤应立即送医院诊治，以免延误时机，造成不良后果。

特别声明

我想，新手妈妈应该是这个世界上最让人提心吊胆、焦虑烦恼的职业之一。我也是一步一步从新手妈妈走过来的，太清楚从宝宝诞生到开始学步这个阶段是如何令妈妈们寝食难安，这段养育经历绝对可以称得上是一段“战斗”的历程。也是基于这个原因，我很想将自己的育儿历程绘制出来，再尽自己的绵薄之力，为大家提供一些力所能及的经验和资料。这本书，每个小故事的后面都会有一个小贴士部分，是我认真努力搜集和整理的资料。尽管这些资料内容在采编的过程中经过儿科专家的认真审校，但毕竟是一位妈妈的经验，不建议将之作为单纯的育儿指导。建议希望系统了解育儿知识的妈妈们可以结合卫生部出台的《婴幼儿喂养策略》等专业育儿指导书籍或文件一起学习翻阅。也欢迎大家批评指正，使得文中的育儿资料部分更加臻于完善。对宝宝真挚的爱是我们最大的原动力，一起加油！

后记 / 送给所有的新手妈妈

在我的记忆里，做新手妈妈那会儿真的算得上是一段艰难的时光。

我们第一次成为父母，开始担负养育孩子的重任，面对那么柔软、那么稚嫩的小生命，内心虽然是满满的幸福和憧憬，同时又夹杂着各种不安和惶恐。小小软软萌萌的一个小肉团，因为爱来到了这个世界上，需要我们的照料和呵护他才能健康平安地长大。可作为新手爸妈，我们的经验值为零，所有的一切都只能靠手边可以查询的资料和身边祖辈的建议。而我们，又总是尽己所能地想把最好的一切都给他，生怕出了一点儿差错而懊悔。那种小心翼翼又有点儿不知所措的心情称之为如履薄冰恐怕也不为过。

好在，时光可以冲淡一切。慢慢地，悠宝长大了，我也成长为一个经验丰富的熟手妈妈。每逢有新手妈妈因为一些事情困惑的时候，我也可以提供一些育儿经验和建议，这时才发现，原来每个新手妈妈的困惑都如此相似。我从新手妈妈学院毕业了，还有无数个新手妈妈正在不断涌进来，面临几乎一样的烦恼和不安。

因为有了宝宝，我跟爸妈也会在聊天儿时聊到一些自己刚出生时的事。我出生那年，爸爸 25 岁，妈妈 24 岁。为了更好地养育我，爸爸去书店买了一摞育儿书来研究，每天坚持学习然后做读书笔记。爸爸还记得他读的一本书叫作《育儿 100 天》，当时书上讲宝宝吃鱼肝油比较好，他就赶紧去药店买了鱼肝油来喂我。没想到我吃了之后开始拉肚子，好久才恢复。后来爸爸才知道他买的是成人食用的鱼肝油，不适合婴儿。所以我想，每个时期的新手父母在育儿上都会遇到各种疑惑和难题吧。

因为这个原因，我很想画这样一本书，把我做新手妈妈时那些经历和故事画出来，然后再提供一些实用的建议，希望大家可以从中得到些许帮助，这是我最诚挚的想法。真正着手开始画之后，我才发现过程比预想要烦琐困难很多。我之前画的亲子漫画多是自己和宝宝的生活趣事，有了题材之后可以一气呵成，画起来相对轻松愉悦。开始画这本书时才发现，画自己的育儿故事倒还好，但是后面的小贴士部分需要提供相对准确可靠的资料。为了尽可能地根据自己的经验和手边的资料为妈妈们绘出实用可靠的书稿，我自己已经不完全是一个创作者，还必须具备专家的严谨态度去判断筛选整理各类繁杂的资料，然后再用漫画的形式来加以生动的表现，使得这些资料的呈现方式更加轻松易懂。在这里，我要诚挚感谢儿科主任医师、南京大学医学院儿科学博士原新慧对书中的育儿资料部分提出的修正和指导。

对我而言，这本书的创作经历也称得上是一段非常难熬的时光。我去努力地记录和回忆，去认真地搜寻和整理，然后一一画出来。在春天刚刚萌芽的时候，它终于破土而出了。大家看到的是一本提供实用育儿资料的漫画绘本，只有我知道，这本书的诞生过程包含了多少焦灼、思虑、不安和努力。谢谢亲爱的爸爸妈妈一直支持我的创作，谢谢我的先生、谢谢雪静姐的支持和鼓励，谢谢亲爱的妹妹。最后，谢谢你们选择了这本书，真心希望可以为那些正在为育儿手忙脚乱、焦心不已的新手爸妈们提供一点儿力所能及的帮助。

每个妈妈，都要相信自己一定可以做一名合格的母亲。新手妈妈的人生就是这样一个摸爬滚打的过程，扛过去迈过去，前方不远就是明朗晴空。那个咿咿呀呀的小生命，他会记得妈妈所有辛苦的付出。共勉！

蘇

2016.5.10

新浪微博：@悠鹿蘇蘇　　公众微信：悠鹿苏苏